国际大奖童书系列

半个魔法

[美] 爱德华·伊格 著

张 杰 李海燕 译

南京大学出版社

图书在版编目(CIP)数据

半个魔法 / (美) 爱德华·伊格 (Eward Eager)著；
张杰, 李海燕译. –– 南京：南京大学出版社, 2017.5
（国际大奖童书系列）
ISBN 978–7–305–18033–0

Ⅰ.①半… Ⅱ.①爱… ②张… ③李… Ⅲ.①儿童小
说 – 中篇小说 – 美国 – 现代 Ⅳ.①I712.84

中国版本图书馆CIP数据核字(2017)第037456号

出版发行 / 南京大学出版社
地　　址 / 南京市汉口路22号　　　　　邮　　编 / 210093
出 版 人 / 金鑫荣　　　　　　　　　　丛书策划 / 石　磊
项目统筹 / 游安良　　　　　　　　　　丛书主编 / 刘荣跃　刘文翔

丛 书 名 / 国际大奖童书系列　　　　　书　　名 / 半个魔法
著　　者 / 【美】爱德华·伊格　　　　译　　者 / 张　杰　李海燕
责任编辑 / 朱　丽　宋冬昱　　　　　　编辑热线 / 025–83597572
特约编辑 / 方丽华　　　　　　　　　　责任校对 / 邓颖君
美术编辑 / Chloe　　　　　　　　　　内芯插画 / 巧克丽丽
印　　刷 / 深圳市鹰达印刷包装有限公司
开　　本 / 700×1000　　1/16
印　　张 / 5.625　　　　　　　　　　字　　数 / 92千字
版　　次 / 2017年5月第1版　2017年5月第1次印刷
书　　号 / 978–7–305–18033–0
定　　价 / 19.80元

网　　址 / http://www.njupco.com
官方微博 / http://weibo.com/njupco
官方微信 / njupress
销售咨询热线 / 025–83594756

目 录
CONTENTS

突发火灾

大约三十年前夏季的某一天，四个孩子开始了一场奇妙的历险。

简是老大，马克是家里唯一的男孩，他俩什么事都喜欢管。

凯瑟琳是家里的老二，性格温顺随和，对此妈妈感到非常欣慰。凯瑟琳知道这一点，因为她曾经听妈妈这么说过。现在，因为凯瑟琳总是吹嘘她多么令人欣慰、多么乖巧，其他人也都知道了。简终于忍不了了，声称只要再听到她这么说哪怕是一个字，她就会大声尖叫并倒地不起。这样，你大概就能了解简和凯瑟琳的性格了。

玛莎是最小的孩子，也非常难管。

孩子们夏天从没去过乡下或湖边，因为他们的父亲已经

去世，妈妈在一家报社（这个街区几乎没人订阅的那家报社）非常努力地工作。一位名叫比克的女士每天来照看他们。不过，比克小姐不怎么喜欢他们，他们也不怎么喜欢她。她不愿意带他们去乡下或湖边，她说那是太过分的想法，而且波浪声会刺激她的心脏，让她很不舒服。

"清湖不是海洋，你几乎听不到波浪声。"简告诉她。

"它会招来闪电。"比克小姐说。简觉得她太胆小，不屑于和她争辩。要是想争辩，简通常的做法是要求对方把所有反对意见一股脑儿说出来，然后她可以一下子把它们全部驳倒。可是比克小姐总是喜欢耍心眼。

尽管没有乡下或湖边，夏天还是一件很美好的事情，尤其是夏初，孩子们对它充满了期待。因为那将会有几个月美丽、漫长而又无所事事的日子，还有一起玩耍的小伙伴和从图书馆借来的各种图书。

夏天你可以一次借出10本书，而不是3本；可以保留1个月，而不是3个星期。当然啦，你只能借4本小说，小说最有趣了。不过，简喜欢戏剧，它们都是纪实文学；凯瑟琳喜欢诗歌，诗歌也不是小说。玛莎还处在看小人书的年龄，那些也不能算是小说，但几乎和小说一样精彩。

马克还没有发现他喜欢哪类纪实文学，他还在继续寻找。每个月他都会扛10本书回家，在前4天里读完4本有趣的故事书，接着把其余的6本书各读1页，然后就不读了。到了下个月，他会把它们带回来再试一次。他想要阅读的那些纪实文学绝大部分都是名为《当我在希腊还是个男孩时》或者《大草原上的幸福日子》等等——然而那些只是听起来像故事读物，实际上它们根本不是，这让马克感到非常气愤。

"这是有意让人不学东西，真是太不公平了。"他说，"这是在玩心计。"不公平和玩心计是四个孩子最讨厌的两

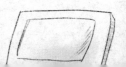

件事情。

图书馆在两英里①之外，带着一堆已经读过的笨重书本走到那里是非常沉闷的，但回家的路非常有趣，——慢吞吞地走着，不时地在陌生的台阶前停下来，翻阅一下不同的书本。有一天，那位诗歌爱好者凯瑟琳在回家的路上大声朗读《伊万杰琳》②。走过几个街区之后，玛莎一屁股在人行道上坐下来并且说，要是再听到凯瑟琳读一个字，她就一步也不往前走了。这下你应该大致知道玛莎的脾气了。

那件事情以后，简和马克订立了一条规矩，谁都不许出声读书影响别人。然而，这年夏天那条规矩改了，因为孩子们发现了E.内斯比特③的作品。那些肯定是世界上最奇妙的书了，他们迫不及待地读了图书馆里内斯比特的每一本书，除了一本名叫《魔法城堡》的书已经被人借走之外。

昨天，《魔法城堡》还回来，就立刻被他们借了出来。因为简读得又快又响亮，所以她得到允许在回家的路上大声读着书；到家之后，她还是继续读；妈妈到家时，他们几乎没和她

---

① 1 英里约为 1609 米。

② 亨利·沃兹沃斯·朗费罗（Henry Wadsworth Longfellow）的一部长篇叙事史诗。

③ 内斯比特（Nesbit），英国女作家，其儿童文学作品蜚声世界。

说一个字；晚饭摆好了，他们也没注意到自己吃的是什么；该
上床睡觉时，他们读到了"魔戒从隐形戒变成如意戒"的那部
分，这是最不应该停下来的地方，可是妈妈非常坚持并且很严
厉地让他们上床，他们只好照做了。

很自然地，他们第二天清晨醒得比平时都早。一睁眼，简
立刻大声读了起来，一直到读完最后一页她才停下来。

她合上书，大家都心满意足地安静下来。接着，过了一会
儿，他们又开始感到有些失落。

玛莎打破沉寂，说出了他们的心事。

"为什么那样的事情没有发生在我们身上？"

"魔法从来都没发生过，说真的。"马克很有把握地说。

"你怎么知道？"凯瑟琳问。她和马克年龄相差不大，但
几乎对任何事都持怀疑态度。

"只在童话里有。"

"那不是童话。里面没有恶龙、女巫或穷樵夫，只有像我
们一样真实的孩子！"

话题打开了，孩子们立刻七嘴八舌地讨论起来。

"他们不像我们。我们夏天从未去过乡下、走过陌生的路
和寻找城堡！"

"我们从没去过海边，也没有见过美人鱼和沙怪！"

"或者去有一座魔法花园的舅舅家！"

"如果内斯比特笔下的孩子真的生活在城市里，那肯定是伦敦。太有趣了，他们找到了凤凰和魔毯！这里从没发生过那样的事情！"

"赫德森太太家，"简说，"有点像城堡呢。"

"还有金小姐的花园。"

"我们可以假装……"

玛莎说的这句话立刻引起了其他人的注意。

"讨厌鬼！"

"扫兴！"

"假装"，这个游戏好玩的唯一秘诀就是不能直接说出你正在假装。玛莎当然非常清楚这一点，但她还小，有时难免会忘记。马克气得朝她扔了一个枕头，简和凯瑟琳也跟着扔。一阵嬉闹之后，妈妈起床了，比克小姐来了，各种命令也来了。用凯瑟琳富有诗意的话来说："一切都是过眼云烟。"

两小时以后，大家吃完了早饭。妈妈去上班了，碟子也都洗完了，四个孩子总算解放了，连蹦带跳地来到了洒满阳光的室外。天气晴朗，一碧如洗，暖洋洋的，这个天好像预示着什么事情将会发生。这天刚出门就有一个好兆头，瞧，他们在人行道的缝隙里看到有个东西在闪闪发光。

"那枚硬币归我啦。"简边说边抢先把它装进了口袋，跟其他还没舍得花、正在叮当作响的零钱放在了一块儿。她打算上午游玩结束之后再考虑怎么花这笔钱。

上午的冒险开局顺利。他们先来到了赫德森太太家，这里看起来有点像魔法城堡，有石头围墙和一只站在草坪上的铁狗。

马克爬进牡丹丛里，简骑在他的肩膀上，把玛莎举到了厨房窗口。但是，玛莎只能看到赫德森太太正在碗里搅拌着什么东西。

凯瑟琳认为"很可能是蝾螈眼睛和青蛙脚"，但玛莎说那看起来更像普通的蛋糕。

这时，牡丹花丛里的一只蚂蚁咬了马克一口，疼得他把简和玛莎都摔了下来。万幸的是大家都平安无事。赫德森太太像往常一样带着扫把冲出来，赶跑了他们，还扬言要告诉他们的妈妈。他们对此一点儿也不担心，因为妈妈经常说赫德森太太自己有问题，在妈妈眼里跟小孩子较真的人都是自找麻烦，没有任何意义。

接下来，他们沿着大街走得更远，来到了金小姐的花园。蜜蜂正欢快地在楼斗菜花丛中嗡嗡叫着，风铃草和紫色毛地黄看上去有点过时，但还算差强人意。一时间，孩子们感觉好像有什么特别的事会发生。

但是，金小姐走出来对他们说，在最大的那朵紫色毛地黄里住着一个可爱的小精灵。孩子们一点儿也不想听到如此幼稚的话。出于礼貌，他们又待了一会儿，然后垂头丧气地回去，坐在自家门口的台阶上。

他们坐在那里，想不出有什么激动人心的事情可做，也没有发生什么特别的事情。这时，简突然不耐烦地大声说，希望来一场火灾！

听到她说出这么恶毒的话，另外三个人吓了一跳。可是，接下来听到的声音令他们更加吃惊。

他们接下来听到了火灾警笛声！

紧接着，消防车呼啸而过——像那个年代的其他发动机一样，喷着浓烟，还有车头、吊钩、梯子、化学药罐等！

马克、凯瑟琳和玛莎看着简，简一脸茫然地看着他们。然后，他们开始奔跑起来。

火灾在八个街区之外，他们花了好长时间才跑到那里，因为玛莎还不能自己过马路，而且也跑不快，所以他们不得不在每个拐角处都停下来等她。

终于来到消防车停着的地方，他们发现起火的不是一栋房屋，而是后院里的一间儿童玩具房。那是孩子们见过的最时髦的玩具房，两层高，还有天窗。

你们都知道，房屋失火时，火苗气势汹汹地在窗口涌动，最好看的是屋顶坍塌，如果有个尖塔倒下来就更精彩了。碰巧的是这个玩具房就有这样一个小塔。随着一声轰隆巨响，泛起一片火光，小塔以最优雅的姿势砸穿了屋顶。

这样一个小玩具房，像孩子们那么弱小，看起来更像是专门为他们安排的一场特殊火灾。玩具房的主人是一个被宠坏的孩子，看起来有点讨厌，名叫吉纳维芙。她有一头长长的金发，也许从来没剪过。还有，孩子们听到她爸爸说会用保险公司的赔款买一间新玩具房给她。

他们气喘吁吁地站在那里，看着消防员不慌不忙地扑灭火苗时，心里充满了看热闹的满足感。

随着最后一丝火苗熄灭，整间玩具房变成了一堆黑乎乎的冒着烟的灰烬和烧焦的木块，简的心中升起了一股愧疚感，刚才的高兴劲也化为乌有。

"哎，你做了什么？"玛莎小声地问她。

"我不想谈它。"简说。不过，她朝旁边一个女子走去，问她火灾的起因，这人看起来像金发吉纳维芙的保姆。

"它腾地一下就着起来了，就像每年七月四日①独立日的焰火那样。"保姆疑神疑鬼地看着简说，"我觉得有人故意纵火！你在这里做什么呢，小姑娘？"

简立刻掉头，走出院子，昂着头，尽量不让自己跑起来。其他三人紧跟在她后面。

"简会魔法了？"玛莎悄悄地问凯瑟琳。

"不知道，我想应该是吧。"凯瑟琳悄悄地回道。

简瞪了他们一眼。大家默不作声地又走过了两个街区。

"我们也会魔法了吗？"

简又瞪了他们一眼，大家再次陷入了沉默。

但这一次，还没走过半个街区，玛莎又忍不住开口说话了。

"我们会像女巫一样被烧死吗？"

简一下子愤怒地转过身去。

---

①七月四日，美国独立日。

“但愿如此。”她说。

“不！”凯瑟琳几乎尖叫起来。简脸色苍白，紧咬着嘴唇，走得更快了。

马克和其他人一起追了上去。

“这样不行，我们得好好谈谈。”他对简说。

“对，好好谈谈。”玛莎听起来没那么担心了。她很崇拜马克，毕竟他是一个男孩，而且什么都懂。

“关键是，”马克继续说，“这是一次偶然事件，还是我们太希望拥有魔法，结果就有了呢？现在，我们每个人都许一个愿望，然后我们就能弄明白是怎么回事了。”

但是玛莎不肯。你从来都没法跟她讲明白一件事情。有时候她表现得像大人，然后突然间又像小孩子。现在她就是个小孩子，嘟着嘴，说她不想许愿、不要许愿，而且希望他们永远都不要玩这个游戏。

经过一番讨论，马克和凯瑟琳认为这可以算作玛莎的愿望，但它看起来没有实现。因为如果实现的话，他们就不会记得那天上午的事情了，然而他们都记得清清楚楚。不过，为了验证一下，马克转向简。

“我们刚才在做什么？”他问。

"看了一场火灾。"简闷闷不乐地说。这时刚好消防车呼啸而过，恰好证明了这一点。

马克愁眉苦脸，希望他的鞋子是千里靴①。可是当他试着跨出去时，结果证明它们没变。

接下来，凯瑟琳希望让莎士比亚过来跟她说话，可她忘了说确切的发生时间。他们等了一分钟，可是莎士比亚并没有出现，他们于是认定他很可能不会来了。

这样看起来，假如真的有魔法降临在他们身上，一定是简独占了。

然而，无论怎么努力，他们都无法说服简再许一个愿望。她一直不停地摇头，甚至当劝说变成辱骂时，她也一言不发，这真不像平时的简。

回到家里，简说她头疼。她走进凉台，关上了门。她甚至没有下楼吃午饭，在那里待了一整个下午，郁郁寡欢地吃了一整盒茶饼，跟那只名叫卡丽的猫说话。

①千里靴（直译为"七里格靴"）是欧洲民间传说中的宝物，穿上该靴的人可以一步跨出七里格。里格（league），长度单位，约为4.8公里。

比克小姐拿她一点儿办法也没有。

妈妈一回来就发现不对劲，但她十分善解人意，什么也不问。

晚饭时，妈妈说她过会要出去一下。简依然沉默不语，连头都没抬。不过，其他孩子都很感兴趣。孩子们一直希望他们的妈妈有不凡的经历，但她几乎没有过。今晚她要去看望格雷丝姨妈和埃德温姨父。

"为什么呀？"马克想知道原因。

"你们的爸爸去世以后，他们就一直很照顾我，他们也很照顾你们呀。"

"'有用'的礼物！"马克轻蔑地说。

"格雷丝姨妈会说'尝一点巧克力蛋糕吧，肯定比你吃过的所有蛋糕都好吃，我自己做的'吗？"凯瑟琳问。

"你们不应该这样取笑格雷丝姨妈。如果你们的爸爸听到，我真不知道他会怎么说。"

"爸爸也取笑她。"

"那可不一样。"

"为什么？"

孩子们很喜欢这种对话，只要他们愿意，对话就能一直进行下去。不过，大人可不觉得有趣。最后，妈妈不再回答他们的问题，径直出门去格雷丝姨妈家了。

妈妈走了以后，气氛又开始变得诡异起来。大家在房里心不在焉地玩纸牌，简不停地进进出出。最后，大家都玩不下去了。

终于，马克忍不住吼了起来：

"你为什么不告诉我们呀？"

简摇了摇头。

"我不能。你们不会懂的。"

她这么一说，大家都生气了。

"就因为会魔法，她觉得自己比别人聪明呢！"玛莎说。

"我认为她根本就不会魔法！"凯瑟琳说，"她只是害怕再许一个愿然后会被揭穿！"

"我没有！"简嚷道，"我只是不知道为什么，也不知道有多少。就像有一只脚麻了，但不是全麻——你可以用它走路，可你感觉不到它！我甚至害怕想任何愿望！我害怕的连想都不敢想！"

假如有一天魔法突然降临到你的身上，你就会明白简的感受了。

当你拥有魔法并且知道怎么使用它时，那感觉当然好，就像口袋里愉悦的叮当声。可是要享受这叮当声，你必须知道自己拥有多少魔法，以及如何使用它。简完全不清楚，这让她很不开心。其他人不理解这一点，对简冷嘲热讽，简和他们吵了起来。最后，大家都回床睡觉，谁也不说话了。

让简最头疼的是，她总觉得自己忘记了什么。如果能够想起来，或许她就能知道是怎么回事了。答案仿佛就在心中的某个地方，好像触手可及。她在心里搜寻着，搜寻着……

她翻身起床，摸索着来到梳妆台前。那里放着她的钱，从火灾现场回家后她就一直没再动过。她在梳妆台上摸了一遍，然后打开了灯。

　　那枚在人行道的地缝里捡到的硬币不见了。

　　简开始认真思考起来。

回家路上

格雷丝姨妈和埃德温姨父家很闷热。他们的家具都很古板乏味，就像格雷丝姨妈和埃德温姨夫一样。

"可怜的人，他们真是太善良了。"孩子们的妈妈想。

不过，当格雷丝姨妈拿出相册时，她只好一遍遍地提醒自己他们都是好人。

"我知道你一定对我们在黄石公园①拍的这些照片很感兴趣，艾莉森。"格雷丝凑到她身边坐下来。看起来，格雷丝打算要坐上一段时间呢。

"格雷丝，我想你上次已经都给我看过了。"

"不不，亲爱的，那是冰川公园。埃德温，把落地灯挪过

_____

①黄石国家公园（Yellowstone National Park），世界上最早建立的国家公园，1872 年由美国国会建立。

来，让艾莉森看清楚些。你看，这是老忠实喷泉，它每隔一个小时就准时喷发。我们不认识站在那里的那个女人。她来自俄亥俄州，老是闯进镜头。埃德温不得不过去请她离开。翻到下一页吧。"

第二页是换个角度拍的老忠实喷泉。

妈妈轻轻地打了个哈欠。

"格雷丝，我真的得回家了。"

"别瞎说，亲爱的。你得留下来尝尝蛋糕，喝点咖啡。就一点点巧克力蛋糕，肯定比你吃过的所有蛋糕都好吃。我亲手做的。"

妈妈挤出了一丝笑容。凯瑟琳曾说过格雷丝姨妈会这样说——她总是这么说。

钟敲响了，已经十一点了。

"哎呀，天哪，"妈妈心想，"还要坐很久公共汽车才能到家！真希望我现在就在家里！"

转眼间，好像房间里的灯全熄灭了，只有月亮和星光隐约透过屋顶照下来。

妈妈搜寻着格雷丝姨妈那古板而又善良的面孔，却没找到。她只看到一丛稀疏的马利筋草。那古板乏味的沙发突然间变得寒冷而又多刺起来。她低头看看，四下望了望。

自己正坐在路边一个长满杂草的小山丘上。看不到房屋，除了遥远的月亮和星星外，也看不到任何光亮。

发生了什么？她突然疯了？还是她已经向格雷丝和埃德温姨父道过别，没有坐公共汽车而是走路回家，在半路晕倒了？

可是，她怎么想不起来向他们道别呢？这种事情以前可从未发生过！

她认出了面前的这条路。格雷丝姨妈和埃德温姨父住在郊区，他们家和城市中间有半英里宽的空地。她记得这段路上只有一个公交站台，而她肯定在这段路的某个地方。可公交站台在前面还是后面呢？

她看到前方的天空映照着城市的灯光，便开始朝前走去。

弯弯的新月发出微光，路边的灌木丛漆黑一片，阴森恐怖。树枝上还有东西在移动。她一点儿都不喜欢这种感觉。

像她这么一位成功的女记者和四个孩子的妈妈，怎么会大半夜在路上游荡呢？

如果她遇到强盗，第二天被发现抛尸野外，孩子们会怎么想呢？别人又会怎么看？这肯定是一场噩梦。她肯定会很快醒过来。现在她只要继续往前走就好了。

她继续走啊走啊。

身后传来汽车发动机的声音，有灯光照了过来。她转过身，挥动胳膊，希望那是公共汽车。

那不是公共汽车，而是一辆私家车。汽车在她身边停了下来，一位小个子绅士探出头。

"要搭车吗？"

"啊，不，不用。"她说。其实一点儿都不是，她非常想搭车，但她过去经常郑重地告诉孩子不要搭陌生人的车。

"你的车抛锚了？"

"哦，不，不是那么回事。"

"你在散步？"

"嗯，也不是。"

这位小个子绅士打开了车门。

"上车吧。"他说。

令她惊讶的是，她居然真的坐了进去。他们默默地开了一段路。她用眼角的余光打量着这位绅士的脸，非常不高兴地发现他蓄了胡子。她总觉得胡子是邪恶的，除非有不可告人的秘密，不然为何要蓄胡子呢？

不过，这位先生的胡子短小、尖细。而且，除了胡子以外，他的脸——至少在黑暗的车里她所看到的那部分脸——让人感到舒服。她很想告诉他自己的奇怪经历。但她不能说，那听起来太蠢了。

绅士打破了沉默。

"我说，天黑之后一个人走这段路，"他说，"很危险啊。"

"我也这么觉得，"她说，"可我想不起来这是怎么回事。我当时正在跟格雷丝说话，可是突然间我就到路边了！"

她不再有任何顾忌，开始向小个子绅士讲述发生的一切。

"只有一种解释，"她最后说，"我肯定失去了一部分记忆。"

"啊，事情从来都不止一种解释，"这位小个子绅士说，"只不过看你相信哪种罢了。早饭前，我相信今天将发生六件不可思议的事情。可我通常没有这种机会。生活的烦恼就在于没有足够多的奇迹让我们相信。你不同意吗？对了，你刚才说你住哪里？"

"我没说过。"她回答。今晚真是越来越古怪了。她从未遇到过说起话来像白皇后①的人，也从未把住址告诉过完全陌生的人。不过，现在如果她想回家，好像也只能那么做。

---

①英国童话大师刘易斯·卡罗尔（Lewis Carroll）的《爱丽丝梦游仙境》中的人物。

她把住址告诉了他。不一会儿，他们来到了她家门前。

她向小个子绅士道谢。他鞠躬还礼，有些犹豫地要说什么，但仔细想过之后又没说，然后开车离开了。

他走了以后，她才想到她不知道他的姓名，他也没问她的名字。不过，他们大概再也不会见面了。

她转过身，开始往家里走，忽然惊恐地停住了脚步。

客厅的所有灯都亮着。

她一边设想着可能发生的各种可怕情况，一边跑过去用钥匙开门，急忙冲了进去。

简正裹着毛毯，蜷缩在沙发的一角，看起来那么弱小、苍白和无助。

妈妈立刻走到她的身边，今晚的所有奇怪经历，以及那位小个子绅士，统统都被忘得一干二净了。

"怎么啦？肚子疼还是噩梦？"她急切地问，"你应该给我打电话呀！"

"都不是，"简说，"妈妈，您有没有从我的梳妆台上拿走一枚硬币呀？"

"什么？"妈妈喊道，"你一直到现在没睡觉就是为了问我这事啊？"

作为家长，发现自己对孩子的担忧很多余时，她的态度就变了，开始责怪简。

"真行啊，简，你可不能这么财迷心窍！"她说，"是啊，我拿了一枚硬币去付车费。因为我只有一枚硬币和一张五美元的纸币，而那些售票员在找零钱时总是很难说话……"

"您花了吗？"简打断她，声音里流露着恐慌。

"我去的时候花了一枚，有关系吗？我明天就还给你。"

"你回家时把另一枚花掉了吗？"

妈妈愣了一会儿："哦，没有，实际上，有人送我回来。"

"那您知道花掉的是哪一枚吗？您原来的那枚还是从我这里拿走的那枚？"

"哎呀，老天爷！不，我不知道！"

"可以把那枚还没花掉的硬币给我吗？就现在，求您了。"

"简，这到底是怎么回事？别人都会觉得你是个饿得不行的卖火柴的小女孩呢！"妈妈又缓了缓语气说，"好吧，如果这样能让你开心点。"

她把手伸进了钱包："喏，现在去睡觉吧。"

简飞快地瞄了一眼妈妈递给她的东西，然后紧紧地攥在手里。她猜得很对，那不是一枚普通硬币。

　　她在门口逗留了一下，"妈妈？"

　　"又怎么了？"

　　"嗯，那个……您今晚……有什么不寻常的事情发生吗？"

　　"你什么意思？当然没有！为什么这么问？"

　　"哦，没什么！"

　　简搜肠刮肚地寻找着借口。她不能告诉妈妈真相，妈妈肯定不会相信。那只会让她烦心。

　　"只是我……我梦到您了，所以有点担心。我梦到您许愿了！"

"是吗？真是太奇怪了。"妈妈看起来突然来了兴致。她好像想起了什么似的自言自语道，"事实上，我确实许愿了。我希望自己在家里，就在那时……"

"那时怎么了？"简激动地问。

妈妈露出了"别谈这件事"的表情。

"没什么。我就回家了，有人顺路送我回来，一位……埃德温姨父的一位朋友。"

她没有看简，对自己的孩子撒谎实在很难为情。但她不能告诉简，简一定不会相信，那只会让她更加难过。

"我知道了。"但是简没有走开。她用一只脚在大厅的地毯图案上比画着，同时避开妈妈的目光，小心翼翼地继续说，"在我的梦里，当您许愿说希望能回家时，我不确定接下来发生的事情，我想，您没有真的立刻回到家里……"

"哈！我的确没有！"

"但您到了某个地方！"

"到了某个杂草丛生的小山丘，很可能是在去班克洛夫特大街的半路上！"

这时，简抬起头直直地看着妈妈，"我们刚才谈的都只是我的梦，对吗？那些并没有真的发生，对不？"

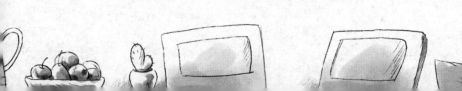

"当然没发生啦。"

这一次轮到妈妈把头转开，但现在简已经心知肚明了。

她把手里的东西攥得更紧，跑上楼梯，进了自己的房间。

妈妈站在那里发愣。简居然都猜对了，多么奇怪啊！再没有比今晚更奇怪的事情了。或许什么都没发生过，或许她生病了、幻想了这一切，或许她感冒发烧了。她最好休息一下。她关掉客厅里的灯，上楼去了。

简站在自己的房间里，看着手里的东西。它和一枚五分硬币差不多，外观和颜色也都一样，但它不是五分硬币。

它非常古旧。上面没有水牛或自由女神头像，而是一些奇怪的符号。简把它凑近灯光，仔细端详着这个图案。

突然响起一阵敲门声。

"关灯！"妈妈喊道。

简赶紧把灯关了。

但是她清楚，手中的这个法宝会把这个夏天变成一次刺激的冒险，给他们带来快乐。

明早之前，她得把它藏在一个安全的地方。

她摸黑打开衣柜。柜门后有一只花棉布鞋袋，有很多口袋可以放鞋子，不过简很少用它。

她把那个有魔法的东西放进了某个口袋里，应该不会有人去动它。

然后，她就上床睡觉了。

她入睡前的最后一个念头是第二天一大早就起床，最迟黎明时分，然后再叫醒大家。

他们得开个会，好好商量一下怎么使用这份从天而降的神奇礼物。

今夏将是一个魔法的夏天。

遗失的沙漠

事情当然没有她想得那么顺利。

第二天早上，因为熬夜太累，简一直睡过了早饭时间。同样疲惫的妈妈觉得简需要休息，就嘱咐比克小姐别去叫她。

像平常一样，比克小姐流露出不赞同的神情，但还是照着做了。妈妈去上班了，凯瑟琳和玛莎极不情愿地在洗碗。平时简都陪着一起干活。凯瑟琳冲洗碗盘，玛莎负责擦干。

"我想弄明白到底怎么回事，"凯瑟琳一边洗碗，一边抱怨，"客厅的灯亮了一整个晚上，妈妈和简在那里密谋到半夜，我都听见了！现在，妈妈居然让简睡到大中午——我真不知道这个家里还会发生什么事！"

"肯定是那个魔法搞的鬼。它太神秘了，我不喜欢。"玛莎说。

凯瑟琳开始刷那些脏兮兮的平底锅。像那些不称职的擦碗工一样，玛莎丢下它们，自己走开了。

她走进简的房间，映入眼中的是拉起的窗帘和床上一团缩在一起的东西。

"该醒醒啦。"她半真不假地对那个东西说。

"走开。"从床单和毛毯下面传来简的声音。

玛莎感到有些气馁。

猫咪卡丽跟着她走进了房间。卡丽的全名是卡丽·查普曼，是凯瑟琳在报纸上看到的一个著名女士的名字。卡丽是一只肥胖而又无趣的猫，养它就是为了抓老鼠。孩子们平常都不怎么搭理它，它也不睬他们。

但是，今天早上，一切都显得那么压抑而又奇怪，玛莎觉得需要安慰。她坐在地板上，背靠着打开的衣柜门，把卡丽放在大腿上抚摸着。

除了简沉重的呼吸声，房间里很安静。

"噢，亲爱的，要是你会说话多好啊。"她对卡丽说。

"呼噜噜，"猫咪卡丽说，"哇，呜，窝，说哈。"

"什么？"玛莎吓了一大跳。

"哇，呜，窝，"卡丽说，"窝，窝说哈。"

"啊呀！啊呀！"玛莎叫喊着。

她忽地站起来，把卡丽重重地摔在了地板上。她吓得脸色苍白，惊恐地往后退去。

"笨！"卡丽恨恨地说，"蛋！窝痛！"

这时，马克恰好来到了门口。

"我的溜冰鞋在这里吗？"他问，"简的那双鞋带坏了，她上星期借了我的。"

玛莎跑过去紧紧地抓住他。

"魔法又来了！我现在也会了！"她喊道，"我希望卡丽会说话。现在，你听它说！"

这时，卡丽偏偏生气地沉默不语了。

"净胡扯，"马克在简的鞋袋里找到了溜冰鞋，一边穿一边气呼呼地说，"不管怎么说，那只老猫，它经常发神经！"

"啊！里己己！"卡丽突然说。

马克惊讶地看了看它，然后难以置信地摇了摇头。

"那不是说话，"他说，"也许它只是抽风或者别的什么吧。"

"但我希望它会说话之后，它就开始说了。就像简昨天那样。"

"只不过巧合而已，"马克说，"昨天也一样。我不信什么古老魔法。别以为简很聪明，你们只是一群疯丫头！"

他穿上溜冰鞋，蹦蹬蹦蹬地穿过屋子，从前门出去了。听到声音，比克小姐跟了出来，惋惜刚刚打磨过的地板。

玛莎放弃了。以马克现在的心情，向他求助也是无济于事。有时候马克很讨厌自己是家中的唯一男孩，一想到这儿他就浑身不自在。但玛莎也不想留在这里，独自面对熟睡的简和胡言乱语的卡丽。

或许马克是对的呢？只是一场巧合？她疑惑地看着卡丽。

"你刚才说什么了？"她很礼貌地问。

"窝说哈！"卡丽说，"哇！说哈，金胖。"

玛莎一边飞逃出房间，一边大叫凯瑟琳。

"别跟我说话！"她说，"不洗盘子的懒鬼！"

"哎呀，凯瑟琳，别这样！"玛莎恳求道，"发生了可怕的事情！我也会魔法了，只是全乱了！"

她把卡丽的表现告诉了凯瑟琳。

姐妹俩手挽着手，小心谨慎地靠近简的房门，往里面看了看。

卡丽还在那里，甩着尾巴走来走去，嘀嘀咕咕地说着一些莫名其妙的话。

"窝说哈，"它说，"金胖！笨！窝！说哈砸一个地旁？"

它好像在拼命地表达自己的想法，真是让人看得痛心，听得烦心。

"不能再这样继续下去了。"凯瑟琳说。

她仗着胆子跨进房间，远远地绕过喃喃自语的卡丽，来到床边用力地摇晃那堆挤成一团的东西。

"砸胡！"简说。

"现在她也胡说了！"玛莎在门口伤心地说。

凯瑟琳也吓到了。

"我想那只是梦话，"她说，"看来只能豁出去了。"

"让我来。"玛莎说。她非常高兴能够离开门边，哪怕是一秒钟。

她跑到浴室拿了一块湿海绵，绕过语无伦次的卡丽，跑到床边往简的脸上滴水。

简腾地一下坐了起来，跟妹妹的脸撞了个正着。

经过哭鼻子、赔礼道歉和把脸擦干的一番折腾之后，简完全清醒过来，也注意到了卡丽的胡言乱语。

"你们干什么了？许愿让它说话？"她问。

　　"是我，你怎么知道？"玛莎吃惊地瞪着简。

　　"你怎么找到那个法宝的？谁告诉你可以乱翻我的东西啦？"

　　"我没有！我不知道你在说什么。"

　　"等一下。你许愿时站在哪里？"

　　"没站着，我是坐着的。"玛莎指了一下刚才坐着的地方。

　　"你肯定往后靠时碰到它啦。"

　　"碰到什么？"玛莎问。

　　"什么法宝？"凯瑟琳问。

　　"鞋袋里的法宝，"简说，"等我慢慢告诉你们。"

　　简讲了一遍昨晚的事情。

"我不明白你怎么那么有把握，"玛莎问，"我说的是关于妈妈昨晚的事情。"

"她自己亲口说的，"简说，"我只是像福尔摩斯那样进行了推理。你没发现吗？当她希望自己在家里时，她出现在了回家的半路上！当我希望有火灾时，就发生了一场小火灾！玛莎希望卡丽会说话，然后它就疯言疯语了！"

"哇，呜，战斗，斧头。"卡丽说。

"千真万确，"简说，"都因为我昨天捡到的那枚硬币，只不过它不是硬币。那是一个魔法法宝，会实现一半的愿望！目前为止，我们都只实现了一半愿望——从现在起，想要许愿的话，就得说两倍我们真正想要的东西，明白吗？"

"我还没学过分数呢。"玛莎说。

简又不厌其烦地解释了一遍，玛莎听烦了。

"要是两倍许愿不必学习分数呢？"她很想知道这一点。

"别傻了——你不会想要对法宝许这样的愿吧！"凯瑟琳鄙视地喊道。

"我们讨论并做出决定之前，谁也不要乱许愿。"简态度强硬地说，"我们不想再浪费更多的愿望——我们不知道它什么时候会消耗殆尽！我们定个计划，大家轮流来。昨天的那次不算，因为我还不知道。我应该第一个，因为我最大。"

"要是两倍许愿不是年龄最小的孩子呢？"玛莎痛苦地说，她已经受够了总是最后一个。

但另外两人都没理她。

"我想要体验各种真正神奇的、激动人心的和非常重要的冒险！"凯瑟琳说，"只是我还不知道具体该是什么。"

"窝，窝已己，哦啊。"卡丽突然说。

大家都同情地望着它。知道了原因之后，卡丽的叫声听起来就没那么恐怖了——只是她们差点儿把它忘了。尽管它似乎已经能慢慢表达得更清楚些，但是它显然对自己这样含糊不清地说话感到非常恼火，孩子们觉得应该做点什么。

"可怜的卡丽，我先把你治好，"简许诺道，"那个法宝就在这里。"

她把手伸进鞋袋里，可是它不在。

她开始发疯般地翻找整个鞋袋，把每双鞋都拿出来抖抖，可那个魔法法宝不在里面。简发火了。

"真是的，什么家呀！"她喊道，"东西永远都不待在放好的地方！比克小姐又来打扫过我的房间了？"

"没有，她说房间确实需要打扫，但那不关她的事。"

"马克！"简下一个想到的就是他，"我想知道他刚才在哪里，有人见过他吗？"

"我，"玛莎报告道，"就在几分钟前，他进来拿走了他的溜冰鞋。"

"溜冰鞋！"简都快急哭了，"那鞋原来就放在鞋袋里。他肯定是找到法宝并把它拿走了！这简直就像生活在贼窝里嘛！"

"我觉得他没偷，"玛莎说，"他说这一切都只是巧合而已。"

"他可能根本就没有注意到里面的那个法宝，"凯瑟琳理性地说，"他可能只是穿上了溜冰鞋，没有意识到那个你摸黑放进去的法宝恰巧就在其中一只鞋里面。它可能被卡在鞋里，现在

还在那里。他对此毫不知情。他可能很快就会许愿，然后突然间……"

"停！"简听不下去了，"我们得找到他！在他许下什么可怕的愿望并实现一半之前，你们觉得他会去哪儿？"

简匆匆忙忙地穿上衣服。

"哇！窝！窝！"卡丽生气地说。

"好吧，我们带你一起去。"玛莎已经开始听得懂卡丽的怪话了，她一只手把它拎起来。

他们在门厅遇到了比克小姐。

"你们要把猫带到哪里去？"

"窝，笨，你，路。"卡丽疯狂地叫道。

比克小姐吓得脸色苍白，往后退了一步。

"它病啦！"她喊道。

"我知道。我们正要带它去看医生。"凯瑟琳边跑边回头对比克小姐说。

像最近发生的其他事情一样，凯瑟琳的话顶多算半个谎。他们确实是带卡丽治病，只要那个法宝能治好它就行。

孩子们来到屋外四处张望。幸好他们住在一个街角，可以看清通往四个方向的街道。

但是，他们听不到轮滑的唰唰声，也看不到那个十一岁男孩的身影。他们随便选了个方向，朝南边的梅普尔伍德大街跑去。玛莎紧紧地搂着卡丽，以便尽量遮掩卡丽的声音。不过，一路上还是有好几个人不停地扭头看他们。

　　"哇，呜，吼怕。"卡丽对着路人尖叫道，看起来很享受的样子。

　　"嘘，嘘，"玛莎对自己说，她一直拼命地跑着才能跟上姐姐们，"不远了。至少，啊，我希望没多远了。"

　　与此同时，马克已经在附近玩了一阵子轮滑。天色黑暗而又阴沉，他想要是太阳出来该有多好啊。过了一分钟，从乌云后面半隐半现地露出了半个太阳。

　　他已经长大了，玩轮滑时不像以前刚得到它时那样追求旋风般的速度了。他希望它能够滑得更快一些。很快它好像真的变快了。

　　不过，一个人玩轮滑真是太无趣了。他希望那些正在度假的朋友都回来一起玩。他希望经过前面那块空地时，他能够看到大家像往常一样在那里打棒球。

　　滑过空地时，有那么一瞬间，他仿佛看到了一场正在举行的棒球赛。

转过弯，他来到了梅普尔伍德大街。经过赫德森太太家时，像过去一样，他希望院子里那条铁狗是活的，而不只是一块铁。

接着，他回头看了看。恍惚间，他觉得自己听到了一声模糊的狗叫声，而且铁狗的尾巴好像还摇摆了一下。马克觉得自己的想象力真是太丰富了，就像他去年的老师安默莱茵小姐一直说的那样。

想到安默莱茵小姐，他就想到了学校。说不定有人没有去度假，正在操场上玩呢。于是，他又拐过一个弯，沿着门罗街朝着教学大楼滑去。

马克刚刚转过弯，简、凯瑟琳和玛莎就从家里出来，急匆匆地在街上跑着。

经过赫德森太太家的院子时，卡丽突然挣脱玛莎的胳膊，朝着那只铁狗跑过去。

"呀！"它叫道，冲着那只铁狗发出愤怒的嘶嘶声，"秋恶霸，秋笨狗，恶狗亚。"

铁狗的体内发出一声被卡住的咆哮。它向前伸着脖子，浑身发抖，仿佛要扑向卡丽。

简胜利地喊了起来："看，它半活着。马克肯定来过这里啦，他肯定许了愿。快点儿！我们的方向是对的。"

玛莎拼命地把卡丽从铁狗的身边拖走，跟着其他人继续跑。他们在拐角处犹豫了一下，然后沿着门罗街朝学校跑去。

马克站在那里，望着操场。就像他想到的那样，空无一人。失望之余，他走到吊杠那里，用膝盖倒吊着身体摇晃起来。他有些不太情愿地希望现在就开学，那样所有的小朋友就都回来了。一个人与其待在这座空荡荡的城镇里，还不如待在沙漠孤岛上呢。

沙漠孤岛的想法使他意识到自己今年还没重读《鲁滨逊漂流记》。就在这时，他的姐妹们跑进了操场。

"谢天谢地，我们终于找到你啦。"简喊道，"你都干了些什么？"

马克还倒挂在吊杠上，抬起头望了望她。

"我正希望我们都在一座沙漠孤岛上。"他说。

转眼间，吊杠好像突然消失了，他重重地摔到了地上。不过，他没有掉在粗糙的碎石操场上，而是滚烫的沙子上。

他一骨碌爬起来，看了看周围。他的姐妹们都坐在旁边，看起来好像不怎么惊讶。头顶上，烈日当空，万里无云，周围除了沙子，好像还是沙子。

"怎么啦？我们在哪里？"他彻底懵了。

简叹了口气。

"你刚才的愿望实现了一半,"简告诉他,"有沙漠,不过没孤岛。"

马克又环顾了一下四周,她说得太对了。毫无疑问,只有沙漠,地平线的尽头看不到一丝海浪的痕迹,只有更多的沙子,一英里接一英里的沙子。

"没事了,"简有点儿疲倦地继续说,"我只希望大家别再继续浪费愿望了。把你的溜冰鞋脱下来,我带大伙儿回家。"

经过大家的反复解释,马克总算有点懂了。他们跟他讲了半场火灾、妈妈和卡丽的事,最后他开始相信这一切了。

他脱下一只溜冰鞋抖了抖,什么也没有。于是,他又脱下另一只抖了抖。

一块金属闪亮地在空中画出一道弧线,在无情的烈日下显得格外耀眼,然后掉进了沙里。

每个孩子都赌咒发誓自己知道那个法宝掉落的地方。四双手满怀期待地在滚烫的沙子里挖来挖去。一双爪子也跟着忙活,猫咪卡丽觉得自己这次能帮上忙。挖的过程中自然免不了一番争吵。

过了五分钟,他们还没找到法宝。沙子变得更热了,手指越来越疼了,每个人的脾气也都上来了。

"别在我挖的地方爬。"凯瑟琳对玛莎说。

"别在我爬的地方挖。"玛莎对凯瑟琳说。

"那个法宝没有待在原地不动,"简说,"好像是它故意要把事情搞糟似的。"

又过了十分钟。

"这次可玩够啦,"玛莎筋疲力尽地坐下来,"我今后再也不玩沙盒了。"

"所有的阿拉伯香水都无法使这些沙子变得香甜可爱。"凯瑟琳充满诗意地说了这么一句话之后,也一屁股坐下了。

"但我们得找到它呀,"简一边喊,一边拼命地挖,"要不然,我们永远也没法回家。我们会渴死。几个月以后,某些阿拉伯人会发现我们的四具白骨,而且永远都不知道我们是谁。"

"我现在就渴了,"玛莎说,"我也饿了。"她又接着说。

"我们怎么知道这里真是阿拉伯呢?"马克问,"也许只是死亡谷①。"

"不管是哪里,"简说,"都不怎么样。继续挖吧,简直就是大海捞针。"

---

①死亡谷(Death Valley),位于美国加利福尼亚州东部和内华达州西部的干旱盆地。

就在那时，远处出现了一队骆驼。

那是一支看起来很落魄的队伍，只有一个衣衫褴褛的阿拉伯人赶着三头脏兮兮的骆驼。骆驼背上驮着几个扁平的包裹。这让孩子们一下子明白过来，他们真的在荒漠里，就像他们在纪实文学和小说中读到的那样。

"迷失在撒哈拉①！"凯瑟琳戏剧性地喊了起来。

马克则比较务实。

"喂，商队！"他大声喊道，"SOS！救命啊！救救我们！"

那三匹脏兮兮的骆驼和那个衣衫褴褛的阿拉伯人改变路线，朝他们走来。

当他们越走越近时，四个孩子却开始祈祷他们别过来。那个阿拉伯人看起来很狡猾，一点儿都不友好。他走到他们跟前，停下来，笑了笑。

"真主啊。"他说。

"什么？"玛莎说。

"你们觉得他是什么人，印第安人？"马克小声地说。他对

---

①撒哈拉沙漠（Sahara Desert），北非的一个大沙漠。

44

阿拉伯人说，"您好，请快快告诉您谦卑的仆人最近的绿洲在哪里吧。"

"他也听不懂那些！"简说。

但是，阿拉伯人好像懂了。

"西方的孩子，跟阿基米德来吧。"他说。

简不肯走。

"我们不能离开法宝。"她哭喊道，"那是我们回家的唯一希望。"

"我们可以去找一个有西联公司①的地方。我们可以给妈妈发一封接收方付费的电报，她会派人来接我们。"凯瑟琳心存疑虑地说。

"那得花很多钱，而且不知要等到什么时候呢。"简哭喊着说，"我不要离开这里半步！只要继续找，我们一定能找到那个法宝。"

但是，那个叫阿基米德的阿拉伯人抓住她的胳膊，粗暴地把她推向最近的一匹骆驼。

"照他说的做吧，"马克悄悄地对简说，"不管怎样，我们

---

①西联公司（Western Union），成立于1851年，目前是世界领先的金融服务公司。

得先喝点水。只要把溜冰鞋留在这里做个记号，我们总能再次找到这个地方。"

然而，马克心里非常清楚，在他们下次回来之前，风沙可能已经把溜冰鞋给埋没了，但他没有说出自己的这些顾虑。

在阿拉伯人的帮助下，简爬上了最近的一匹骆驼，马克帮助凯瑟琳爬上第二匹，阿拉伯人把玛莎拎起来放在第三匹上。这样，马克和阿拉伯人步行，他们开始离开沙漠。

过了一会儿，简开始享受骑骆驼的感觉，暂时忘记了法宝的事情。凯瑟琳看起来也很开心，只有玛莎因为上下颠簸而感到恶心，哀求着下来。

马克帮她爬下骆驼，和他一起步行。但她的小短腿很快就累了，而且滚热的沙子透过薄鞋底把脚烫得生疼。马克只好半背半拖地和她一起慢慢走。他们落在了其他人后面。

令马克忧心的是，他不信任阿基米德这个阿拉伯人。阿基米德太着急地要带他们走了，而且马克也不喜欢他的微笑。

很快，马克的顾虑得到了证实。猫咪卡丽好像和玛莎刚才骑的第三匹骆驼交上了朋友。它轻快地走在骆驼身边。那匹骆驼低下头来看着它。看起来，它们毫无疑问正在进行动物间的交流。

不一会儿，卡丽跑回到马克和玛莎身边。它愤怒和激动得毛都竖起来了。

"笨！窝知！"它小声地对马克说，"呜，阿基米德，呜，坏透。呜，绑架，赎金呀。"

"我担心的就是这个，"马克说，"谁告诉你的？"

"呜，骆驼！"

玛莎开始哭起来。

"别担心，"马克告诉她，"我们会有办法逃走的。"

可他真希望自己知道如何逃跑。幸好那时他们看到了绿洲，分散了玛莎的注意力。

那不是一个大绿洲——没有西联公司，只有两三棵枣椰树和一眼泉水。大家都停下来喝水，枣子挺鲜美。玛莎脱下鞋子，用泉水让脚凉爽一下。鞋子里有很多沙子。就在她抖鞋子时，马克看到一个闪亮的圆东西掉了出来。

尽管从来没有真正见过法宝，不用告诉他也知道那是什么。他刷地一下伸过手去，在半空中接住它，以免再把它丢了。

凯瑟琳也看到了。

"我告诉过你别在我挖的地方爬。"她对玛莎说。

简也看到了。

"是那个法宝。"她叫道，"让我们回家！来，让我许

愿。"

　　但是那个阿拉伯人阿基米德正站在旁边。他也看到了那个闪亮的东西。他向前跨上一大步，抓住马克的手腕，凑到自己的眼前，近到足以看清上面的神秘图案。

　　他脸上的表情立刻大变。不再像个图谋不轨的拐骗犯，倒像是个正人君子在自己家里逮住了一个小偷，或许更严重些，是在神庙里抓到了一个小偷。他的声音非常严厉。

　　"西方小孩偷了圣物，"他大喊道，"丢失了多年的圣物，还给我。"

　　他伸手来抢，但马克已经把法宝抓在手中。马克想都没想地说道："我希望你在半英里之外。"

　　当然啦，阿基米德一下子就到了半英里的一半之外，确切地说，四分之一英里之外。在孩子们的眼中，他变成了沙漠远处的一个小黑点。不过，那个黑点越来越近，因为阿基米德又朝他们跑过来了。

　　"快！让我来——我带大家回家，你不会用。"简对马克吼道。但是马克冲她摆了摆手，他在思考一个问题。

　　"不管怎么说，或许这个法宝真的属于他的民族。"他说。

　　"它现在属于我们！"简说。

"谁捡到归谁，谁丢谁倒霉。"凯瑟琳说。

"但它可能是被偷了，从神庙或其他地方。"马克缓缓地说，"你也知道，人们过去对土著人有多么不公正。把它据为己有好像不公平呀。"

其他人只得点头表示赞同。但卡丽不赞同，它很少为什么高尚情操而烦心。

"呜，阿基米德，呜，坏透！"它提醒马克。

"就是嘛，他想拐卖我们啊。"玛莎同意道。

"真的？"简和凯瑟琳又惊讶又气愤。

"对，他想。不过，咱们现在别管那个。"马克说，"我以后再讲给你们听。毕竟，如果不是穷困潦倒，或许他就不会想那样做了。我们应该善待敌人，不是吗？"

阿基米德现在越来越近。一直等到看清他的脸，马克才说出了一个深思熟虑的愿望，"我希望那个叫阿基米德的阿拉伯人能够两倍实现他对法宝说出的愿望。"马克说。

当然啦，法宝很精通算术，它能把愿望减半。转眼间，阿基米德得到了他梦寐以求的幸福。

牲口队的骆驼从原本的三匹突然变成了五匹，从又老又瘦变得年轻健壮，破旧的鞍具也焕然一新，扁平的空包裹因为塞满了

商品而变得鼓鼓的。

一个丰满的阿拉伯女人带着六个胖嘟嘟的阿拉伯孩子突然出现在阿基米德身边，忸怩地冲着他笑。

阿基米德突然停下来，看看骆驼，又看看女人和孩子。接着，他幸福地叫喊起来，狡诈的面孔变得友善起来。他转向东方，把脸埋进沙子里，感激不尽地祷告起来。

接着，马克依然不理睬简，说出了第二个精心考虑好的愿望："我希望我们四个，连同卡丽，现在可以回

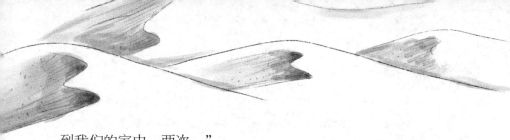

到我们的家中，两次。"

一转眼，他们都坐在自家门前的台阶上了。

接下来，他们做的第一件事就是立刻跑到赫德森太太家。看到那只半活的铁狗正在草坪上抖动呢！

这时，赫德森太太刚好走出来，胳膊上还挎着一只菜篮子。她看了一眼抖动的铁狗。

"地震啦！地震啦！"她尖叫着跑回了屋里。

马克现在驾轻就熟，赶紧许了第三个愿望。

"我希望这只狗，"他说，"恢复原状，两次！"

狗立刻停止抖动，静静地站在那里，恢复了以前那种钢铁般的冰冷。

"你难道没想过它会希望变成真狗吗？"凯瑟琳好奇地说。

"我想，铁的东西依然做铁的东西会更快乐吧。"马克说。他一天之内学到了很多。

现在，四个孩子开始解决猫咪卡丽的问题。

"你难道不想继续说话，说得更清楚些？"玛莎问，她已经喜欢上和自己的宠物聊天了。

"呜，不，"卡丽说，"呜，沉默，呜，金。"

其他人都觉得马克今天已经许过够多的愿望了，现在该她们

解决这个问题了。

玛莎拿过法宝，没有细想就说："我希望卡丽在任何时间都不能说话！"

"啊，你肯定搞砸了。"卡丽说，"现在我当然在一半的任何时间不能说话，可是另一半的任何时间我可以说得清清楚楚，我不想要这样。但我开始说啦，说话，说话，我要不停地说三十秒钟，然后安静三十秒钟。然后再说话，说话，就好像我有好多话要说，可我没有，我喜欢长时间地安静思考。可是，没法子，舌头可以流畅地说话啦。现在只剩三秒钟了，'余皆归于沉默'①，莎士比亚。"

它突然闭嘴，不过只中断了三十秒，接着又开始说。孩子们都捂着耳朵，直到它又安静下来。凯瑟琳匆忙地提了一个建议。

"问题是我们只想让它喵喵叫，就像以前那样，"她说，"所以得想一个一半是'喵'的单词。"

"我知道！"简抢过法宝许了一个愿，"我希望猫咪卡丽将来只会说'喵——渴'②。"

"渴！"猫咪卡丽说，"渴，渴，渴，渴，渴。"

---

①哈姆雷特（Hamlet）临终前的最后一句话（The rest is silence）。
②原文的英语单词是"music"，其第一个音节与"meow"（喵）相同。

它看起来很不对头。

"还是我来吧，"马克说，"我已经有经验了。"他把法宝握在手里，"我希望卡丽可以按它的意愿沉默，两次。"

"喵，"猫咪卡丽叫道，"呜。"

恢复正常的它并没有感谢马克，而是匆忙地去追赶一只正巧飞过的知更鸟。

孩子们很疲惫，也很开心。他们排着队回到家里。这一天漫长却很充实，而且结局很圆满。

一看到他们，比克小姐就臭骂了一顿，责备他们在外面玩了一整天，错过了午饭。

"等我告诉你们的妈妈吧。"她说。

那天晚上，听完比克小姐的报告之后，妈妈变得非常严肃。

"我不希望你们像那些孩子那样整天在外面闲逛，"妈妈晚饭时说，"实际上，你们可能知道，外面发生了很可怕的事情。最近好像出现了很多诱拐犯，或者说丢了很多孩子。我们报社一整天都不断收到类似的消息。许多小孩不见了。马克，据说，弗莱迪·福克斯，你的那个朋友，突然出现在回家的半路上，可他根本不知道怎么回事……"

马克突然呛到牛奶，脸变得通红。

他偷偷地对其他孩子使了个眼色。他们很快吃完饭，一起来到了马克的房间。

"太可怕了！"门刚关上，马克就叫了起来，"我刚想起来！今天上午我希望所有人都在家里。现在，他们都在半路上游荡呢。我得帮他们一下。"

他从口袋里掏出法宝。

"我希望那些被我许愿回家的人都能回到原来的地方两次。"他说。

最后，他们一致决定应该把它藏在一个安全的地方。

凯瑟琳带着大伙儿来到她和玛莎的房间。地面有一块松动的地板，下面有一些空间，他们经常把东西藏在那个洞里。孩子们便把法宝藏在了这个秘密地点。

"我们今晚都好好想想自己的愿望，"简说，"从现在起，一切会越来越美好，因为我们都会使用它，可以许下各种合情合理的愿望。真正的好戏明天才刚开始。"

圆桌骑士

第二天早饭前，没有任何秘密会议。

简和马克都待在各自的房间里，同住一屋的凯瑟琳和玛莎也几乎没有说话。

大家都忙着各自的私人计划，思考着自己要许什么愿望。

大家安静地吃着早饭，互相交换着兴奋难捺的眼神。妈妈感觉到了空气中的异常气氛，对于可能到来的新麻烦感到有些不安。

妈妈去上班了，碗都洗好了，其他讨厌的家务也都做完了。四个孩子来到了凯瑟琳和玛莎的房间。凯瑟琳已经检查过，法宝还留在洞里，没有被老鼠或白蚁的愿望打扰。

简已经拟定了一些规则。

"大家轮流许愿，"她说，"任何人的大愿望都要包括其他

人。如果在冒险过程中需要许小愿望，那么由该次冒险的许大愿望者来说，紧急状况除外，比如他丢了法宝，而其他人捡到了。从我先开始。"

凯瑟琳不同意了。

"我不明白，"她说，"你最大，所以凡事你都先来；玛莎最小，所以大人都护着她；马克啥好事都有份，因为他是男生；中间的孩子一丁点儿好事都摊不上。况且，咱们之中只有谁还没许过愿？好好想想吧。"

确实，简得到了半个火灾，玛莎让卡丽说了那些含糊不清的话，马克把大家带到了沙漠。

简只好同意凯瑟琳先来。不过，她还是忍不住提了一个建议。

"我们可不想去看亨利·沃兹沃斯·朗费罗①，"她说，"说点好玩的事情。"

"我会的，"凯瑟琳说，"可我不确定让我们像鸟一样飞翔，还是让我们拥有世上所有财宝，哪个更好？"

"都不怎么样，"简说，"故事里的人物经常那样许愿，但

---

① 亨利·沃兹沃斯·朗费罗（Henry Wadsworth Longfellow，1807—1882），美国浪漫主义诗人。

都没好结果。他们不是飞得离太阳太近被烧死，就是被钱压死。"

"我们可以只要纸币。"凯瑟琳建议道。

他们开始讨论压死一个人需要多少大额纸币。等到继续讨论法宝时，宝贵的十七分钟已经浪费掉了。

这时，马克有了一个主意。

"我们已经发现法宝能带我们到其他地方，"他说，"那么带回到别的时空行不行呢？"

"你的意思是到过去看看？"简两眼发光，"去看基德船长[1]和尼禄[2]如何？"

---

①威廉·基德（Wiliam Kidd，1645—1701），英国人，海盗，私掠者。
②尼禄（Nero），古罗马皇帝，暴君。

"我经常幻想生活在过去的浪漫年代里，"凯瑟琳也兴奋起来，"往昔岁月，勇敢骑士！"

其他人也都兴高采烈地讨论起来。四个孩子第一次完全达成了一致意见。

"去看决斗。"马克说。

"去探险。"简说。

"还得是一件好事，"玛莎说，"还必须得安全。"

"别忘了每件事情都说两次。"三个人同时说。他们急切地围在手里握着法宝的凯瑟琳身边。

"我希望，"凯瑟琳说，"我们四个人两次回到亚瑟王①的时代，观看两场决斗，探两次险，做两件好事。"

话音刚落，孩子们发现自己正站在一条拥挤的大路中间。四位女士正乘着一辆丝绸华盖车经过。紧接着，七个去参加五朔节②庆典的欢快挤奶女工蹦蹦跳跳地走过。远处，一位高大的骑士正勇猛地追击一个可怕的巨人；另一个方向上，一个可怕的巨人正在拼命地追击一位高大的骑士。一些朝圣者停下来问这四个孩子坎

---

①亚瑟王（King Arthur），最富有传奇色彩的英国国王，被称为"永恒之王"。
②五朔节（May Day），美国、加拿大和西欧部分国家定在五月一日的欢庆春天到来的节日。

特伯雷①怎么走。

他们受够了这条大道上的喧闹，走进旁边的一片牧场。这里的草比孩子们那个时代的草更碧绿和鲜嫩。附近的一棵苹果树下躺着一位身材高大、正在熟睡的、全副武装的骑士。

孩子们知道他在熟睡，那是因为玛莎走过去掀开了他的头盔，从里面传来了一阵阵平稳的鼾声。

骑士的剑就放在身边，马克走过去想拿起来。

正在睡觉的骑士一下子惊醒，并猛地坐了起来。

"金钱于我如粪土，"他说，"但偷剑就是偷走我的荣耀，上刀山、下火海我都要找到他，把他从头到脚劈成两半。"

"对不起，先生。"马克说。

"我们绝无歹意。"简说。

"我们很抱歉。"凯瑟琳说。

骑士用那只戴着盔甲的手揉了揉眼睛，没看到预想中的邪恶窃贼，却看到了马克、简、凯瑟琳和玛莎。

"你们是什么人？"他说，"难道敌人杀我于睡梦之中？我在天堂吗？你们是小天使②还是六翼天使③？"

---

①坎特伯雷（Canterbury），英格兰东部城市，有著名教堂，中世纪英国宗教圣地。
②天使中的第二级，有红润圆脸、长着翅膀的孩子样的小天使。
③天使中的第一级，有三对翅膀。

"都不是啦，"凯瑟琳说，"这里也不是天堂。我们是四个孩子。"

"哼，"骑士说，"你们这般奇装异服，绝不是一般的孩子。"

"穿盔戴甲者不可轻议他人。"凯瑟琳义正词严地说。

这时有人打断了他们。一位女士骑着一匹乳白色小马朝这边奔来，她看起来非常激动。

"嗨，勇敢的骑士！"她喊道。

骑士站起身，礼貌地鞠躬致意。女士开始不停地冲他眨眼，孩子们见了都觉得害羞。

"谢天谢地，我终于找到你了。"她继续说，"如果你是朗斯洛特爵士①，那全世界只有你能帮我了。有人告诉我你在这里。"

孩子们张大嘴巴、惊讶地望着他。

"你真的是朗斯洛特爵士吗？"马克问他。

"那是我的名讳。"骑士说。

听了这话，孩子们的目光更移不开了。

现在他看起来没那么困倦了。世界上确实再没有人能蓄那么

_____

① 朗斯洛特爵士（Sir Launcelot），亚瑟王传说中的圆桌骑士之一。

具有男子汉气魄的胡须、有着那么高贵的面孔了。他们居然见到了朗斯洛特爵士，这位骑士时代最伟大的骑士。

"伊莱恩①好吗？"凯瑟琳立刻问道，"还有小加拉哈德②呢？"

"我不认识你说的这些人。"朗斯洛特爵士说。

"啊，你认识，迟早会认识的，"凯瑟琳说，"只是时间还没到而已。"

"难道你是预言家？"朗斯洛特爵士开始感兴趣了，"你能看到未来吗？快多告诉我些。"

但是，那位骑乳白色小马的女士变得越来越不耐烦了。

"走开，小孩。"她一边说，一边挤到四个孩子和朗斯洛特爵士中间，"英勇的骑士，我恳求你的帮助。一个可怕的怪物正在不远处那座破败的旧塔里欺凌女学生。我是她们的校长。我们急需您的帮助。"

"没问题。"朗斯洛特爵士说。他吹了声口哨，那匹忠心耿耿的马从苹果树后面出来了。朗斯洛特爵士翻身上马。

---

①伊莱恩（Elaine），亚瑟王传说中爱上朗斯洛特的女子，因失恋抑郁而死。
②加拉哈德（Galahad），朗斯洛特与伊莱恩之子，亚瑟王传说圆桌骑士中的最纯洁者，独自找到了圣杯。

四个孩子互相看了看。他们一点儿都不喜欢那位女士，也不喜欢她说话的方式。

凯瑟琳向前走了一步。

"如果我是你，我就不去，"凯瑟琳说，"这很可能是一个陷阱。"

那位女士恶毒地瞪了她一眼。

"即便如此，"朗斯洛特爵士说，"职责所在，我也必须前往。"

凯瑟琳挺直了她那只有4.4英尺^①高的身体。

"正如你此前所说，我的确是一个法力强大的预言家。"她大声地说，"我郑重地告诉你，不要听信这位女士的话，她只会给你带来灾祸。"

"我高兴去哪里就去哪里。"朗斯洛特爵士说。

"那就走吧！"女士说。

"你会后悔的。"凯瑟琳说。

"谈判到此为止。"朗斯洛特爵士说，"朗斯洛特从未在任何冒险面前畏缩不前。我知道你们是什么人。你们四个是伪装成

---

① 1 英尺约为 0.3048 米，凯瑟琳的身高约为 1.33 米。

孩童的狡猾巫师，想要诱我离经叛道。显然是白费心机。让开！快逃走吧，小坏蛋们。从我的视线中消失，你们都是些鼠辈。驾——"

朗斯洛特爵士催马前行，那位女士也如法炮制，他俩一起沿着大道飞奔而去。四个孩子只好向路两边散开，免得被飞奔的马蹄踢到。

当然啦，凯瑟琳赶紧算了一下并许了一连串愿望，让大家都有马骑并且能跟上他们。

他们很快就跟了上去。

朗斯洛特爵士回过头，看到四个孩子正骑着战马紧跟在他的后面。

"走开，魔鬼！"他说。

"才不！"凯瑟琳说。

他们这样继续向前赶路。

四个孩子以前从来没有骑过马。但是，他们发现骑马非常容易，只有玛莎因为个子太小，骑着有些吃力。

特别有趣的是，每次那位女士开始冲着朗斯洛特爵士抛媚眼时，孩子们就立刻紧跟上去起哄。朗斯洛特爵士就会在马鞍上转过身来冲着他们大叫："走开，魔鬼。"每隔几分钟就这样，朗

斯洛特爵士看起来越来越生气了。

骑过了一段路之后，他们来到一片黑树林，大路两边耸立着高大的树木。这时，从树林边传来那位女士的喊声，说她的马掉了一只马掌。朗斯洛特爵士勒住马，过去帮她。四个孩子在一段安全的距离之外停下来观察他们。

朗斯洛特爵士刚下马，三个骑士就从树林里蹿了出来。一个身着红色铠甲，一个绿色，还有一个黑色。孩子们还没来得及喊叫，这三个骑士已经从朗斯洛特爵士背后扑了上去。

三对一极不公平。如果不是偷袭，朗斯洛特爵士的力气至少可以对付九个人。现在，他的手都还没来得及拔剑，就被那三个骑士抓住，解除了他的武器，把他五花大绑地扔在了他自己的马鞍上。这个倒霉的骑士就这样跟着其他人一起从树林里消失了。

那位女士转向孩子们。

"哈哈！"她高声说道，"现在他们会带他去我的城堡，关进深不见底的地牢里用狼牙棒天天打他。我们还会以同样的方式招待其他圆桌骑士。亚瑟王去死吧！"

"为什么？你这个虚伪的人！"简说。

"我早告诉他是这样了！"凯瑟琳说。

"我们回家吧。"玛莎说。

"不，我们得去救他。"马克说。

"哟哟！"那位女士说，"你们尽管试试。跟我比起来，你们的魔法什么都不是，小东西。你们要知道，我可是最厉害的女巫——摩根①。"

"我们会打败你。"凯瑟琳说。她不喜欢被称为"小东西"，谁喜欢呢？"我在书里读到过你，总干坏事。真希望你跳进那个湖里。"

凯瑟琳说这话时，忘记了法宝还在她身上。不然的话，她就会好好斟酌一下措辞了。不过，魔法还是奏效了。

"好法宝。"马克看到发生的一幕说道。

摩根没有跳进湖里，她只是掉进了一个小水坑里。只见她从马背上滑下来，一屁股坐在了水坑里。更妙的是，坑底都是烂泥，摩根陷了进去。凯瑟琳有足够的时间来冷静地许另一个愿望，她让摩根，在足够长的时间内，继续陷在水坑里，而且无法使用任何魔法。

然后，四个孩子掉转马头冲进树林里，开始追赶那些坏骑士。摩根在坑里的水草中间咒骂他们，但她的声音越来越弱，很

①亚瑟王同父异母的妹妹，兄妹敌对。

快就听不到了。

树林里没有路。树枝浓密而且压得很低，卜曲的泥土黝黑又潮湿，也听不到鸟鸣声。

"这里，"凯瑟琳说，"这里就是我称之为黑树林①的地方。"

"不要去！"玛莎喊叫道，"要是从里面吹出来奇怪的东西怎么办？"

四个孩子继续赶路。突然间，他们来到一片空地。在一片月桂树、天仙子和颠茄之中，他们看到了女巫的古老城堡。它耸立着，城墙上爬满毒藤，护城河里有蛇，钟楼上有蝙蝠。孩子们一点儿都不喜欢这座城堡。

"我们现在做什么呢？"简说。

"许愿，还他自由，这还用说嘛。"马克说。

"站在这里许愿？那太容易啦。"凯瑟琳说。

"我可不想进入那座城堡。"玛莎说。

"那可不行。"凯瑟琳说，她今天看起来不像平常那么温顺，"你忘记我是一个伟大的预言家了吧。相信我的聪明战略吧！"

---

① 《爱丽丝梦游仙境》中的一个地方。

"别扯了，"马克说，"少说话，多做事。"

凯瑟琳把法宝放在手上，说："我希望城堡为我们敞开两扇门。"

于是，大家只能去寻找那扇打开的门。他们最终找到了，那是一扇带吊桥的小后门。吊桥已经放下来，架在护城河上。门半开着，孩子们从吊桥上走了过去。

"当心。"护城河里的魔法青蛙呱呱地说。

他们穿过门道，看到前面是一条狭长的黑暗过道。

"当心。"墙里的魔法老鼠吱吱地说。

孩子们沿着弯弯曲曲的过道向前走。被施了魔法的蜘蛛网从天花板上垂下来，扫过他们的脸，缠住他们的衣服，想要挡住他们。但是，他们冲破了这些阻碍，继续前行。

过道的尽头是一扇厚重的大门。门后面传来很大的声音，听起来像是音乐。孩子们轻轻地推开一条门缝，看到里面是一个宽敞的大厅。

红骑士、绿骑士和黑骑士正在尽情地享用饭菜，大口大口地喝着赤褐色麦芽酒。他们一边吃饭，一边没有修养地唱歌。他们的歌词非常粗俗：

对我们的朗斯洛特不用客气，

用鞭子抽打他的屁屁。

用平底锅拍得他没脾气——

揍他，我们非常乐意。

把他关进地牢的小单间里，

我们会好好款待他的，

叮当，干杯，叮当。

四个孩子愤愤不平地互相看了看，又透过门缝继续观察。

大厅里多了几个仆人。他们清理干净餐桌，留下盛满甜点的大浅盘，然后离去。

甜点是一些圆圆的梅子布丁，上面的白兰地还在燃烧，发出耀眼的蓝光。黑骑士站起来分布丁。

这时，凯瑟琳突然想起以前看过的一则故事。她决定耍一下这三个坏骑士。

"我希望两个布丁粘到你的鼻尖上。"她把手放到法宝上，透过门缝盯着那个黑骑士说。黑骑士的长鼻子上立刻挂上了一个布丁。

但是，与那则故事不同的是，这个布丁上面的白兰地还在燃烧。所以，这不仅让黑骑士颜面尽失，还把他烫得不轻。而且，他引以为豪的长长的黑胡子都被烧燎了。他疯狂地咆哮起来，脸气得跟衣服一样黑。

"该死的，谁竟敢这样作弄我？"他一边喊叫，一边用手拍打鼻子和胡子，结果手指也被烧痛了。他又疼得鬼叫起来。

"嘻嘻嘻，"绿骑士吃吃地笑起来，"你看起来太滑稽了！"

黑骑士忽地转过身去。

"那你来试试。这到底是谁干的？"他大叫道。

"不，我才不试呢。"绿骑士说，"不管怎样，你看起来太滑稽了！"

"哦，我滑稽，是吧？"黑骑士勃然大怒地吼道。他"嗖"地拔出剑，砍下了绿骑士的脑袋。

红骑士一下子跳了起来。

"我说，阿尔比马尔，这么做有点过分了！"他嚷道。

"哦，我不知道。"黑骑士说，"他太气人了！快过来帮我把这该死的布丁拿开。"

"好吧，"红骑士犹疑地看着他，"不知道行不行，但我试试吧。"

他拔出剑，把布丁砍了下来，不幸的是，他把黑骑士的鼻子也削掉了一大块。

黑骑士发出一声野兽般的惨叫，拿起剑冲向红骑士，红骑士躲开了。一转眼，他们就拼死打起来，在大厅里跳来跳去，不顾一切地挥剑砍杀，撞碎了家具，砍伤了对方。

四个孩子闭上眼睛，捂住耳朵，心惊胆战地躲在门后抱成一团。

这场战斗没有持续多久。只见空中剑光一闪，两个头很快落到了地上，接着，两具尸体也缓缓落地。

周围一片寂静。凯瑟琳没想到自己的愿望会以这么血腥而又彻底的方式结束。但是，她提醒自己必须残忍、勇敢和果断，她打开门爬进了大厅，其他孩子都跟在她的后面。他们把目光避开，以免看到那血淋林的画面。

"我想你本来可以干得更漂亮些，"简说，"这里到处都是这些骑士的残肢断臂，我们怎么去地牢呢？"

"关键是我解决了问题。"凯瑟琳快活地说，"我们不必走过去，许个愿就成。"

她将手放在法宝上，许愿让大家都到地牢两次、她的手中有两把地牢的钥匙。

当然啦，他们随后便来到地牢门前，用钥匙打开了地牢的门。朗斯洛特爵士走了出来，后面还跟着许多被女巫摩根和她的同伙抓来的骑士。因为每天的鞭打，他们看起来十分狼狈。

其他被俘的骑士都朝着孩子们跪下，亲吻他们的小手，称赞他们为小救世主。朗斯洛特爵士也礼貌地表示感谢，但他没有像孩子们预料的那么开心。

过了一会儿，那些被俘的其他骑士都离开去继续未完成的冒险之后，孩子们才知道了爵士不高兴的原因。

"你们用魔法救了我？"朗斯洛特爵士问。

"是啊，"凯瑟琳自豪地说，"我用自己的小法宝解救了你。"

"真气死我了，"爵士说，"我宁愿你们用其他方式。"

"真的吗？"凯瑟琳说，"我想你宁愿待在这里继续被鞭打吧？"

"没错。"朗斯洛特爵士说，"用魔法占敌人的便宜，那很不公平，而且是对我荣耀的侮辱。"

"好。既然你这么特别，"凯瑟琳恼火地说，"我可以轻易地把他们还原。"她把朗斯洛特爵士带到大厅，给他看那三个骑士的碎尸。

"请吧。"朗斯洛特爵士说。

"要不要把你再次关进地牢呢？"凯瑟琳挖苦地问道，"我把你放出来是不是伤了你的自尊心呢？"

"没必要再关进去。"朗斯洛特爵士说，"不管怎么说，迟早会有某个正直看守的女儿把我放出去的。"

"哦，是这样吗？"凯瑟琳说，"真抱歉，我是没事找事做了。还有什么事吗？"

"有，"朗斯洛特爵士说，"你可以把这些无赖抢走的剑和盔甲给我拿来。"

虽然很不高兴，凯瑟琳还是为他变回了剑和盔甲。然后她小心计算了一下，字斟句酌地对法宝许

愿，复活了红骑士、绿骑士和黑骑士。

地板上不同颜色的尸体开始按各自的颜色重新组装起来，孩子们看得津津有味，装好以后他们还意犹未尽呢。

不过，接下来更有意思的是观看朗斯洛特爵士和那三个骑士的搏斗，那才是值得穿越几个世纪回去观看的场面。

不过，朗斯洛特爵士好像不喜欢这些孩子围观。

"走开吧。谢谢你们，再见。"他一边说，一边用桌子把绿骑士顶在墙上，用剑将红、黑骑士逼入绝境。

"难道我们不能帮忙吗？"马克想知道。

"不用，走开。"朗斯洛特爵士一边说，一边用剑刺穿了红骑士的脑袋，又反手一剑重重地拍在黑骑士的胸口上，同时跳过桌子开始攻击绿骑士。

"难道我们不能观看吗？"简哀求道。

"不要，那只会让我紧张。我想要一个人战斗。"朗斯洛特爵士一边说，一边钻到桌子底下，把红骑士的尸体翻过来，接着继续转身对付黑骑士和绿骑士。

凯瑟琳叹口气，许了一个愿。

转瞬之间，四个孩子又回到了马上，沿着大道骑行。

"我们至少应该在院子里等啊，"玛莎抱怨道，"现在我们

永远都不知道最后的结果了！"

"他会赢的，相信他。"凯瑟琳说，"我受够了那些自以为是的人。不管怎么说，我想我们会再次见到他，在骑士决斗场上。"

"嘿，对啊，还有决斗，我都快忘了，"马克说，"你设想的开始时间是什么时候呀？"

"按照这里的时间可能没几个星期了，"凯瑟琳说，"不过，我们嘛，只要用法宝许个愿就好……"

于是她许了个愿。

"我没法适应这样匆忙地赶来赶去。"一秒钟后，玛莎抱怨道，因为她发现自己在三分钟内已经去过三处地方了。"我们现在在哪里？这是什么时候？"

"我想应该是卡默洛特①，"凯瑟琳说，"现在是决斗时间。快看！"

简、马克和玛莎都往那边看。卡默洛特和竞技场看起来同《亚瑟王传奇》②和T. H. 怀特③先生的书中所描述的一样。喇叭

①卡默洛特（Camelot），传说中亚瑟王的王宫所在地。
②《亚瑟王传奇》（The Boy's King Arthur），美国作家 Sidney Lanier 根据 Sir Thomas Malory 的著名史诗《亚瑟王之死》"Le Morte d'Arthur"改编的作品。
③特伦斯·汉伯里·怀特（Terence Hanbury White），英国著名作家。

的号角响彻四方，鲜艳的旗帜在碧空下飘扬，明亮的盔甲闪着耀眼的光芒。看台上人头攒动，有勇敢的骑士、受人尊敬的乡绅、忠实的男侍、漂亮的贵妇和卑微的仆人……成百上千的人挤在一起，准备观看这场骑士决斗。

四个孩子的座位在正面大看台的最前排，因为凯瑟琳就是这样许的愿。她忘记把马都变走，结果他们四人的马也都在那里，一些前排的人无法入座，惹得他们非常生气，他们后面的人就更郁闷了。凯瑟琳许愿让生气的人越远越好，于是那几个人就消失了。

见此情形，后面的人慌忙起身躲开，一边回头望着这些孩子，一边嘀咕着巫术和魔法之类的东西。

孩子们毫不介意。他们正忙着东张西望，看得出神呢。

亚瑟王端坐在竞技场一端的高大宝座上，孩子们可以很清楚地看到，他那张和蔼、纯朴、善解人意的面孔，就像照耀英格兰大地的温暖阳光。格温娜维尔[1]王后坐在他的右边，巫师梅林[2]在他的左边。梅林身材矮小，留着灰白的胡须。

这时，传来一声长长的特别号角，竞技开始了。

朗斯洛特爵士随着第一批骑士出现在竞技场上。孩子们立刻

①格温娜维尔（Guinevere），亚瑟王的妻子和朗斯洛特的情人。
②梅林（Merlin），亚瑟王的顾问，魔法师和预言家。

从盔甲上认出了他。

"我就说过他会平安逃脱的。"凯瑟琳有些不快地说。

然而，朗斯洛特爵士开始决斗时，凯瑟琳不得不打心底里佩服他。

只见他用第一支矛击倒了五个骑士，用第二支矛击倒了四个，用剑把另外三个击下了马。看台上的观众都开始欢呼起来："啊，天哪，那个骑士真是太了不起啦。"

简禁不住满意地赞叹道："多么荣耀啊，是不是？"

"这是人类历史上最伟大的时代，"马克严肃地说，"要是它没结束该多好啊！"

"为什么结束呢？"玛莎问。她还没读过《亚瑟王传奇》。

"部分原因是有些骑士总是输，而朗斯洛特爵士总是赢。"马克告诉她。

"没错，"凯瑟琳用非常奇怪的口吻说，"某种意义上来说，如果有人打败他，那会是一件好事，不是吗？"

马克狠狠地瞪了她一眼。这时，朗斯洛特爵士又撂倒了更多的骑士，马克只好继续观看比赛。当他转过头时，发现凯瑟琳已经不在那里了。

一个可怕的念头在马克的脑海里闪现，他慌忙用胳膊肘推了推简。

简转过头来，看到凯瑟琳的座位空荡荡的。马克看得出她也意识到了大事不妙。

就在这时，决斗被打断了。一个陌生的骑士冲进场去，一直来到了亚瑟王的宝座前。

"我恳请陛下同意我挑战朗斯洛特爵士，让我和他一对一决斗！"那个陌生的骑士大声说，孩子们都听得清清楚楚。

简和马克的心一下子沉了下去。

就连玛莎也猜到了可怕的真相。她小声地说："她怎么敢这样？"

"我不知道，"马克说，"自从我们开始这个愿望之后，她越来越自大了。"

"等我回家再和她好好算账。"简阴沉着脸说。

"陌生的先生，人们该如何称呼您呢？"亚瑟王说，"您从何方来？"

"人们都叫我凯斯爵士，"那个陌生的骑士说，"我来自俄亥俄州的托莱多市。"

"我不知道什么托莱多，"亚瑟王说，"不过你愿意打就打吧。现在请开始。"

喇叭又一次吹起了响亮的号角，那个骑士开始迎战朗斯洛特爵士。圆桌骑士们目睹了一场有史以来最怪异的战斗。

勇敢的凯瑟琳在此刻依然觉得自己非常聪明。她已经许愿让自己穿上两副合身的盔甲，骑两匹马，身高和力气都是朗斯洛特爵士的2.5倍。她还许愿让自己打败他两次。她立刻出现在了竞技场上，穿着一副合身的盔甲，骑着一匹马，比朗斯洛特爵士高四分之一，多四分之一力气。她迫不及待地要打败他一次。

然而，聪明的她忘记了一件事。她忘记许愿让自己懂得竞技规则。现在，面对世界上最伟大的骑士，她却不知道如何开始。她知道自己最终会打败他，因为她已经那样许了愿，可是她该如何开始以及如何搏斗呢？

她还没来得及许其他愿望解决这一问题，朗斯洛特爵士已经骑马冲了过来，用长矛把她打趴在马尾上。然后，又从对面杀回来，把她打得趴在马脖子上。

人群中爆发出雷鸣般的笑声。

简、马克和玛莎的心情可想而知。

他们无从得知凯瑟琳的感受。此时，她一只热乎乎的小手仍然紧握着那个法宝。她不失时机地又许了一次愿。

"我希望我能比你好上十倍，你这个恶霸！呀！"凯斯爵士的话在竞技场上飘荡着，听起来好像就是在发脾气。

紧接着，她的搏斗比朗斯洛特爵士好了五倍，大家都看到了凯斯爵士的厉害。

她接下来的表现只有亲眼目睹的人才敢相信。

凯瑟琳像一只冲进羊圈的狼一样腾空而起。她的剑好像劈雷闪电。她的长矛像一条疯蛇般四处抽打，一会儿落在这里，一会儿打在那里。

"哎呀！"人群叫喊着，"真可悲"和"太糟了"的感叹声不绝于耳。

简、马克和玛莎攥紧了拳头紧张地观看着。

人们还没反应过来，朗斯洛特爵士已经被从马上打下，摔到了地上。

凯瑟琳骑马绕着竞技场跑了几圈，对观众的欢呼优雅地鞠躬还礼。

但是，她很快发现，观众的欢呼声并不响亮。一直鼓掌的只有几个像莫德雷德爵士或阿古温爵士①这些不忠实的、嫉妒朗斯洛特爵士的骑士。

---

①这两人都是亚瑟王的圆桌骑士。

其他观众都很反常地沉默下来，因为朗斯洛特，骑士中的鲜花，人们心中的宠儿，圆桌上最优秀的冠军，居然被打败了。

格温娜维尔王后极其愤怒。亚瑟王看起来很悲伤。在场的骑士，除了那些不忠实者之外，都显得非常绝望，巫师梅林看起来好像不相信眼前发生的一切。

简、马克和玛莎看起来好像挺相信，但又都不愿意相信这是真的。

直到此时，凯瑟琳才充分意识到自己的所作所为。

她成功了，但她也失败了。她，一个小女孩，打败了历史上最伟大的骑士。她假装自己做了一件好事，而实际上她只是因为朗斯洛特没有感激她的帮助而觉得不爽罢了。

她的脸颊滚烫得要命，她感到很难受。戴着头盔实在太热了，她就把头盔摘了下来。这时，她才想起来自己在许愿时忘了某件很重要的事情，但已经太迟了。她许愿穿盔戴甲、骑马、变得高大威武并且打赢朗斯洛特。但是，她忘了说不再做凯瑟琳。

现在，头盔摘下来以后，她的一头棕色长发像瀑布般垂到了双肩。她那张九岁小女孩的面孔和忽闪忽闪的大眼睛惊呆了在场的观众。

一些极其烦人的淘气鬼甚至扯开嗓门，唱起了粗俗的歌谣：

"朗斯洛特——真奇怪，

　　被女孩打得——起不来。"

　　朗斯洛特爵士醒了，在地上坐起来。他听到了笑声，也听到了歌谣。他看了看凯瑟琳，凯瑟琳转过脸去。但朗斯洛特认出了她，一下子跳了起来。竞技场上顿时安静下来，连那些刻薄的骑士也都止住了笑声。

　　朗斯洛特爵士走到凯瑟琳身边，"你为什么这样对我？"

　　"我也没想到会这样。"凯瑟琳一边说，一边大哭起来。

　　朗斯洛特满脸通红，昂首阔步走向宝座，在亚瑟王面前跪下来。他低声请求远行，至少用一年的时间来洗刷今天的耻辱，用上百次的胜利来赢回失去的荣耀，永远彻底地消除"被女孩打得起不来"这几个可怕字眼。

　　亚瑟王还没缓过劲来，他点点头表示同意。

　　巫师梅林在亚瑟王耳边说了句话，亚瑟王点了点头。他站起身，领着格温娜维尔王后离开了看台。梅林又朝在场的骑士们发出了一道命令，他们听到后开始清场。

　　大多数观众都安静地离开了。但是，大看台前排的三个孩子嚷嚷着要去找凯瑟琳。虽然她做了错事，但家人毕竟是家人，他们不

能丢下她不管。不过，骑士还是把他们和其他观众一起赶了出去。

很快，经过一段度日如年的煎熬之后，哭哭啼啼的凯瑟琳发现竞技场上只剩下自己和梅林了。

梅林严厉地注视着她。

"擦干你的泪水，"他说，"我很清楚，你是一个坏女巫，装扮成这副摸样来这里打败我们的冠军，使我们的圆桌骑士蒙羞受辱。"

"我不是，我没有。"凯瑟琳说。

"你就是，"梅林说，"而且你已经这么做了。今后，我们在卡默洛特就名声扫地了。"

梅林朝她挥起了魔杖："我命令你显出原形。"

凯瑟琳立刻不再高大威武，身上也没有了盔甲，恢复了以前的模样。

梅林惊讶地看着她。

"这些魔鬼提前到来了。"他说，"不过，毫无疑问，你只是某个更强大魔鬼的一枚棋子而已。"他又挥了挥魔杖，"我命令，你的同盟者、支持者、帮凶、同谋者和追随者都被带过来，站到你的身边。"

简、马克和玛莎都出现在凯瑟琳的身边，看起来跟她一样既不开心也不自在。

梅林真的被吓了一跳。接着，他难过地摇了摇头。

"如此年幼，"他说，"却又如此邪恶。"

"我们才不是。"玛莎扮了个鬼脸说。

其他人表现得都比较得体。

"你看，先生——"马克开始说。

"我们不是故意的。"简也说。

"我来吧，"凯瑟琳说，"都是我惹的祸。"

接着，她一面哭泣，一面竹筒倒豆子地把所有事情都告诉了梅林。从捡到法宝、到她许愿穿越时空来到这里、再到她的愿望和她的所作所为以及她所犯下的过错。

"我想做一件好事，"她说，"我也确实做了一件。我从地牢里救出了朗斯洛特爵士。他却不怎么领情，叫我全部撤销，这样他就可以自救，这都是因为他的荣耀！所以我很不高兴。刚才我也以为自己在做好事。假装把他打败，这样其他骑士就不会那么嫉妒他了。但我这么做，其实只是在报复他的高傲自负而已。"

"好，这些你都干了。"梅林说，"可你得到什么了？只不过让大家都不开心。"

"我知道。"凯瑟琳说。

　　"这就是瞎搅和的结果。"梅林说，"历史有自己的模式，当你试图改变历史模式时，不大可能有好事发生。"

　　凯瑟琳低下了头。

　　"不过，"梅林继续说，孩子们惊讶地发现他在微笑，"还能补救。你们知道，我自己会一些魔法。我来想想，该怎么处理这件事呢？我想，我可以让时间倒流，好像今天这件事从未发生过，但那会消耗掉我许多法力。"

　　"真的吗？"凯瑟琳惊讶地说，"对我们来说根本不算个事。"

　　"打住！暂停许愿吧，省得给我们招来更糟糕的麻烦。"梅林冷冷地看着她，用魔杖扫过凯瑟琳，"假如你有魔法，让它现在显身或者永远安静吧。"

　　凯瑟琳一直握着法宝的那只手变得滚烫，不由自主地张开了，法宝毫无遮拦地躺在她的手掌里。

　　梅林看了看它。他的眼睛瞪大了。他迅速地摘下头上的高帽，朝着法宝鞠了三躬。接着，他转身对孩子们说："这是一个非常古老和强大的魔法，比我的魔法更古老、更强大。实际上，对四个孩子而言，不管你们的想法何等善良，它都太危险了。恐怕我得让你们把它交出来。"

他又挥了挥魔杖，法宝缓缓地从凯瑟琳的手上升起开始朝他飞去。

　　马克说话了。

　　"可它在我们的时代找到了我们。"他说，"那也是历史的一部分，就跟现在一样。也许我们注定要捡到它。也许它就是要利用我们去做某些好事。历史有自己的模式，当你试图改变历史模式时，不大可能有好事发生。"

　　梅林看了看他，说："你是个聪明的孩子。"

　　"我们的智力一般。"马克说，"不过，我们来自二十世纪。"

　　梅林说："如果是那样，如果所有的孩子都这样理智，二十世纪肯定是一个幸福时代。"他想了一会儿，微笑着说："很好，回你们的二十世纪吧。把你们的魔法带走，做你们该做的事情。不过，我还有些话要说。"

　　他把法宝高高地举起，不是害怕它会咬到自己，而是充满敬意地对它说："我希望，六分钟之后，这里像四个孩子没有出现过一样，只有我和他们会记得这件事。我还许愿我们的竞技全部重新开始，就像历史原先安排得那样正常运行。这些都要发生两次。"

　　接着，梅林对孩子们说："你们最近是不是许过很多愿望？我感觉它很疲惫。你们要知道，它不会永远都有魔力。"看到孩子

们担心永远无法回家的猴急模样，梅林又笑着说："别担心，你们还可以许好几个愿望呢。我再许一个。"他又把法宝举到了面前。

"我的第三个愿望，"他说，"是让未来的世界，在这四个孩子拥有法宝期间，免受他们的'可怕的、好心的'愿望的伤害并保护他们免受自己蠢行的伤害；不能答应任何远离他们自己时代和国家的愿望，他们只能在自己的时代和国家里找到这个魔法所带给他们的恩惠。两次。"说完，他把法宝放到凯瑟琳的手中，"你们最好现在就走。因为还有不到一分钟，我刚才许的愿望就会实现，好像你们从未在这里出现过似的。如果那时你们还没回家，老天知道你们会在哪里。"

凯瑟琳许愿了。

昨天妈妈和比克小姐对他们消失了那么长的时间都很担心，所以凯瑟琳希望他们这段经历的时间只是真实世界里的两分钟。她这样做显得非常体贴。或许，像前一天的马克一样，她也从这次冒险中学到了一些东西。

转眼间，他们已经回到家里，坐在了凯瑟琳和玛莎的房间里。时间还是早上，而且他们只离开了一分钟。

半个玛莎

事实上，四个孩子都很高兴回到家里，所以那天剩下的时间里他们都在家附近玩耍。

早上那一分钟里已经充满了太多冒险，他们觉得一段时间内不需要其他刺激了。

他们把法宝重新放进了地板下面的秘密地点，然后，白天都在玩那些他们会玩的普通游戏，甚至包括那些只有玛莎喜欢的幼稚游戏，比如"雕刻家"和"老巫婆"等。

晚饭时，妈妈问他们一整天都做了什么事情，他们都说："啊，没什么。"好像对讨论妈妈在办公室的工作更感兴趣。

晚饭后，他们没有进行什么秘密聚会，相反，四个孩子非要缠着妈妈一起玩巴棋戏①。

①巴棋戏（Parcheesi），一种用骰子和筹码在棋盘上玩的游戏，类似英国的"卢多（ludo）"。

　　玩了一阵子巴棋戏之后，妈妈提出给他们读《亚瑟王宫廷上的康州北佬》[1]作为睡前故事。不过，凯瑟琳马上说她更想听那种有趣的、靠谱的、贴近现实的小故事，比如《佩珀五兄妹成长记》[2]。

　　这一点儿都不像四个孩子平常的表现。

　　等他们都上床睡觉以后，妈妈偷偷地来到他们的房间，摸了摸他们的额头和耳朵，但没有人发烧。

　　这些转变都只是因为，凯瑟琳与朗斯洛特爵士的冒险经历让他们学到了一些道理。

　　第二天早上，就像马克说的那样，要用法宝做什么事情是一个好坏难辨的问题。因为不管怎么许愿，好像孩子们都难免会给自己带来一些麻烦。

　　"当然啦，今后我们只能在当代和我们自己的国家使用。"马克说，"不过嘛，如果我们掺和一下总统和国会的事会怎样呢？就像我们在亚瑟王那里那样？我们可能会引发国家

---

[1]《亚瑟王宫廷上的康州北佬》(A Connecticut Yankee in King Arthur's Court)，美国作家马克·吐温（Mark Twain）的一部讽刺小说。

[2]《佩珀五兄妹成长记》（Five Little Peppers and How They Grew），美国作家玛格丽特·悉尼（Margaret Sidney）的 Five Little Peppers 系列作品的第一部。

紧急状态！"

"我知道！"简说，"我们必须谨慎行事。我昨晚一直在想这件事。我的下一个愿望必须非常认真严肃。我最想要的两件事就是世界不再有战争和我无所不知。"

凯瑟琳满腹疑虑地摇摇头。

"那也太认真严肃啦。"她说，"好像在干涉上帝的工作。也许比试图改变历史更加糟糕。"

"有没有既严肃又好玩的事呢？"玛莎好奇地问。

那种可能性看起来非常渺茫。

除了这个问题，孩子们心里的一个可怕想法是每许一次愿望，法宝的力量就会变弱，某天浪费掉的某个愿望都可能是最后一个。四个孩子决定明天再继续讨论这件事。

也许明天简就有灵感了。下次轮到她许愿了。

他们决定用最老套的方式度过这一天，就像法宝没有出现之前的日子。这反而让他们很兴奋。他们把零钱凑在一起，坐公共汽车到市区消磨时间，吃吃午饭，再看场电影。

打电话跟妈妈甜言蜜语一番，让她告诉比克小姐同意他们出门只不过是一件五分钟就可以轻松搞定的事情。

比克小姐像往常一样叮嘱了半天，但孩子们都充耳不闻，窝在凯瑟琳和玛莎的房间里集中开会。

"我们随身带上它还是留在这里呢？"凯瑟琳想要知道。

每个人都知道这个"它"指的是什么。

"如果我们把它留下，比克小姐肯定会找到它。"马克说，"不管它藏得多么严实。"

"设想一下，如果她许了愿，然后实现了一半。"玛莎叫了起来，"你们觉得会怎样？"

"还是不设想的好，"简说，"有些事情还是不要深究为妙。"

于是，简取出法宝，用一张旧圣诞纸包好，放进手提包里。几个孩子围成一圈握着手，互相叮嘱不管发生什么都不可以许任何愿望。接着，大家就来到街角等车。以前，他们经常在这里搞恶作剧，消磨夏天时光，比如在车道上放几块西瓜皮，然后等车轮轧过去。

乘车的路上非常顺利，唯一的小麻烦就是有些乘客想关上车窗，而四个孩子想开着它。

在市中心，孩子们欣赏了一会儿各家商店的橱窗，然后走

进了一处可爱的地方，小零售店。他们买了一些咸味太妃糖，边吃边听一个年轻女人用钢琴弹奏《我希望能像凯特姐姐一样旋转》，接着又买了一些烤玉米吃。

然后就到了午饭时间。

四个孩子总是在城里最好的冷饮柜边上吃午饭。这天，简买

了一根香蕉，中间夹巧克力冰淇淋和覆盆子酱蓝草莓；凯瑟琳要了一份月光圣代，夹着厚厚的菠萝糖浆和三种冰冻果子酱。玛莎总是吃同样的东西，一种她自创的苏打水，里面有棉花糖和香草冰淇淋，其他人看见这东西都倒胃口；马克对菜单上的两份食物垂涎已久。一种叫芹菜苏打，另一种叫麦芽精，他一直想尝尝滋味。每次到这里来他都对自己说下次一定点，但是下次他总是鼓不起勇气。今天，他想了一下，又考虑了一会儿，最后买了一份双层热软糖。

吃完午饭，他们就开始选电影。

孩子们先把城里的几家电影院都逛了一遍，浏览了贴在外面的海报，然后开始争吵看什么电影。马克喜欢西部片和惊悚逃亡片，但玛莎绝不走进任何张贴着打斗海报的电影院。

简和凯瑟琳喜欢大眼睛、长头发的美女和悲剧故事。她们想看《芭芭拉·拉玛尔在桑德拉》。马克最后同意了，因为外面的许多电影海报上都有一个留胡子的男人，那意味着他是个坏蛋，并且早晚肯定会有人收拾他。玛莎也同意了，因为其他电影院的海报要么是打斗场面，要么是查理·卓别林[①]。

①查理·卓别林（Charlie Chaplin），英国电影演员及导演，1910—1952年生活在美国。

四个孩子都很不喜欢查理·卓别林，因为大人们只会带他们去看他的电影。

他们进去时，电影已经演到了一半。他们搞不清楚电影里面的故事。不过，他们很快发现其他观众也没看明白电影。

"可是，乔治，我好像什么也看不懂啊。"坐在孩子们后面的女士一直不停地对她丈夫说。

四个孩子也是什么都没看懂。片中的芭芭拉·拉玛尔有浓密的长发和大大的眼睛。男主角想吻她时，她就推开他，然后朝着观众皱起眉头、露出痛苦的表情。简和凯瑟琳看得兴奋不已，她们觉得长大以后的生活应该就是这样。

马克不大喜欢这些谈情说爱，他看着坏蛋越来越坏，英雄越来越勇敢，耐心等着他们决一胜负。

玛莎很讨厌这部电影。

玛莎总是这样。每次都兴致勃勃地去看电影，然后又觉得电影很讨厌。现在她总缠着别人为她念台词，给她讲解发生的事情（因为那时的电影都不说话）。其他人都不搭理她时，她开始哼哼唧唧地抱怨起来。

"安静。"简说。

"我想回家。"玛莎说。

事，现在只记得一部分了。所以，她自然没想到要用法宝变回玛莎。她在过道上追赶玛莎，马克和凯瑟琳紧随其后。

听到骚动，一个引座员跑过来察看情况，正好撞上了他们。他看到手提包，听到妇女的尖叫，以为简偷了东西。孩子们的奔跑因此而慢了下来。引座员被孩子们抓破了点儿皮。

与此同时，"鬼魂玛莎"已经跑到了过道尽头。在黑暗的影厅里，没有多少人注意到她；可是在明亮的大厅里情形就大不相同了。检票员尖叫着扔掉了手里的票。经理从办公室里跑出来，他看到玛莎，脸色立刻变得煞白。

"啊，还想怎样？"他扯着头发喊道，"生意还不够差吗？电影院居然闹鬼了！"他把钱箱砸向玛莎，"快走开，讨厌的东西！"他大叫，"为什么不回到你原来的地方待着去？"

倒霉的玛莎小声哭泣着，飞快地穿过大厅，来到了大街上。

她那鬼魂般的身影一出现在人行道上，立刻在购物人群中引起了骚乱。

"这肯定是广告噱头！"一个强壮的女人说，"为了卖东西，他们什么招都想得出来！"

"这是一种征兆！"一个瘦女人说，"世界末日到了，可我还穿着这件旧裙子。"

"叫她走开！"一个衣着得体的绅士痛苦地说，"我会把偷来的每分钱都还回去！"

"这太令人气愤啦！"一个上了年纪的人嘀咕道，"我要向我的议员投诉。"

"那是一个小女孩，但她只有一半在那儿。"一个小孩说。当然没人拿她的话当回事。

一些怕鬼的人开始奔跑，以便远离这恐怖的景象。

玛莎开始往反方向跑，远离这些人。

看见他们在跑，其他人也不问青红皂白地跟着跑。恐惧立刻在人群里蔓延。这种情况下，人们都停止了思考。

"怎么啦？"一个男人问另外一个从身边跑过的人，"你们好像见到鬼了似的。"

"我刚见到鬼了！"那人大声说，"你看！"他指了指正在飞奔的玛莎。

"别傻了，世界上没有那东西，"第一个男人碰巧是位博学的教授。他看了一眼朦胧的玛莎，"沼气，"他说，"真有趣。"

"火星人①？你说火星人吗？"刚好经过的第三个男人说，

---

①英语"沼气（Marsh Gas）"和"火星人（Martian）"的发音比较相近。

"火星人入侵我们了！"没等别人回答，他就嚷嚷起来，然后开始狂奔起来。听到他的话，其他人也开始奔跑起来。

这时，简、马克和凯瑟琳已经摆脱了引座员，从电影院出来，来到了闹哄哄的大街上。有人已经打电话给消防队，拉响了警报；有人打电话叫警察派防暴队。消防车的汽笛声和警察的口哨声使场面变得更加混乱。

一群人从电影院前面冲了过去。

"火星人登陆地球了！"他们边喊边指着身后说，"我们看到了一个，全身透明，太吓人了！"

简、马克和凯瑟琳顺着他们指的方向望去，可以远远地看到玛莎模糊的身影。她正独自奔跑着。他们赶紧追了过去。

此时已经没人理会玛莎了，大家都忙着担心那些想象出来的火星人。

但是不知怎么回事，一旦开始奔跑之后，玛莎发现自己停不下来。她越跑越害怕。

她拐了个弯，那些尖叫声和警笛声渐渐地消失在背后。她发现自己来到了一条从未逛过的僻静街道，两旁有各种小商店。整条街上空无一人。玛莎走进了中间的一家店。

几秒钟后，简、马克和凯瑟琳也拐了进来。他们环视着那些小店，没有玛莎的踪迹。

"用法宝！"马克喊道，"许愿！"

"啊，那个老掉牙的故事，"简说，"谁信啊？"

马克和凯瑟琳张大嘴巴惊讶地望着她。

"你说什么？"马克说。

简没有回答。她迅速做出决定，选了这排的最后一家商店走进去。马克和凯瑟琳一边想着简态度转变的原因，一边跟了过去。然后，三个孩子惊恐地在门口停住了脚步。

那是一家珠宝店，柜台上堆着闪闪发光的、价值不菲的钻石和戒指。店里有一男一女。那个男人的帽沿压得很低，盖住了眼睛。女人穿着一条黑白相间的裙子和一件红衬衫。

"快点，"那个男人说，"趁着大家都去看热闹，现在是洗劫这些店铺的好机会。"

他们开始把柜台上的珠宝塞进自己的口袋里。凯瑟琳这时打了个喷嚏。那两人转过头来，看到三个孩子正站在门口。

那个戴帽子的男人气势汹汹地朝简走过来。

"好吧，"他说，"把手提包给我。"

简死死地抓紧手提包。她隐约记得由于一个特别原因她绝对不能丢了这个手提包，可她想不起来这个原因。她不知道该

怎么办。

但马克知道，他把手放在简的手提包上，许愿让他和简以及凯瑟琳到玛莎所在的地方两次。

一转眼，只剩下戴帽子的男人和红衬衫女人站在那里，呆呆地看着他们刚才站立的地方。

"哎呀，吓死人啦。"戴帽子男人说，"他们逃走了。"

玛莎跑进中间那家店里。一开始她没看到任何人，只看到书。

靠墙的架子上和角落的桌子上都摆满了书。店正中有一张大书桌，上面的书也堆得很高。一开始店里好像就只有这些。实际上，有一张脸从桌子的书堆后面偷窥玛莎。接着，从后面走出来一位小个子绅士。他留着小尖胡子，手里拿着一本翻开的书。

他看着玛莎。玛莎也望着他，等着他像别人那样尖叫、晕倒或逃走。但这位小个子绅士没有。他笑了笑，礼貌地鞠了个躬。

"下午好，"他说，"我猜这是一次幽灵显身吧？我倍感荣幸。你是从某本书里跑出来的吗？我想你可能是小内尔①，或者

---

①英国作家狄更斯的小说《老古玩店》（Old Curiosity Shop）中的主人公。

埃米·马奇①，尽管这套衣服看起来不像。"

"不，我是玛莎。"玛莎说，"我不是从书里跑出来的，我是被魔法变成这样的。"

虽然知道大人根本不会相信那些故事书里描绘的魔法，玛莎还是向这位小个子绅士从头到尾讲了关于法宝的一切。这位小个子绅士好像对孩子妈妈的那部分特别感兴趣。

"那该不会碰巧发生在西班克洛夫特大街上吧？"他打断她并问道，"三天前的晚上？"

"是啊。你怎么知道？"玛莎惊奇地问。

"没什么，"小个子绅士说，"继续说吧。再多讲讲。"

于是，玛莎就跟他讲了看电影的前后经过，简如何把她塞在座位底下，她许的那个愿以及随后发生的种种事情等。

"所以我就在这里啦，"她最后说，"不过这里只有半个我。"

"我明白了。"小个子绅士说。

"这种感觉还挺好玩的，现在我不害怕了。"玛莎说，"只是我想让它别再这样了。妈妈在等我们吃晚饭呢。要是我

---

①埃米·马奇（Amy March），美国作家路易莎·梅·奥尔柯特小说《小妇人》（Little Women）中的人物。

这样回家，我担心她会不高兴。她不像你这么理解魔法，这只会让她难过。"

"是的，那会让她难过。"小个子绅士漫不经心地说。

"啊，你认识我妈妈吗？"玛莎说。

"唔，算不上认识。"小个子绅士说。

"那你怎么知道她会那样？你也会魔法吗？你是一位巫师，或者其他类似的人？看到你那胡子时，我就觉得你可能是。你知道可以把我还原的任何法术吗？"

"我不知道啊。"小个子绅士说。

"当然啦，要是马克、简和凯瑟琳在就好了。"玛莎继续说，"他们有法宝，可以把我还原。你难道不懂某种召人过来的咒语吗？"

小个子绅士摇摇头："没这种咒语。很抱歉，我不是巫师。虽然我一直抱有这样的希望，这是我第一次碰到魔法。不过，我们也许可以用普通方法找到他们。你从电影院跑出来时，他们做什么了？有没有跟着你跑出来？"

玛莎好像被吓到了。她说："我都没想到回头看看。"

"他们很可能会跟过来，"小个子绅士说，"他们很可能一直跟着你，现在正在店外找你呢。"

"我去看看。"玛莎一边说，一边朝店门走去。

同一时刻，从珠宝店出来的马克许愿让法宝带他们三人到玛莎身边。他们立刻到了。

"我做到了！"玛莎说，"我找到他们啦！"

"不，不是你。马克向法宝许了愿。"凯瑟琳说。

"我不明白你们为什么一直那样讲，"简说，"哪有法宝这种东西啊。"

"啊？"小个子绅士说，"你妹妹可不是这么说的。"

"你是谁啊？"简粗暴地问道。

"安静，"马克说。"没时间磨嘴皮子了。我们得修补自己干的这些好事，赶快平息这场可怕的恐慌。太可怕了——我们都那么小心了。看看发生的事情吧！你们还觉得那个法宝比我们更明辨是非吗？"

"根本没有法宝。"简说。

"别那样说啦，"马克说，"你听！"

远处传来消防车的汽笛声、警察的哨子声和人群的叫喊声。

"你这样一说我就明白了，"小个子绅士说，"之前我就注意到了一些小骚乱。"

"你太轻描淡写了。"马克说，"和今天的事情相比，约翰

斯敦水灾①在历史上简直不值一提！"

"我知道那样许愿是我的错，"玛莎说，"但是我觉得其他人也都有错。为什么他们都那么激动，还到处乱跑呢？"

"人们最不好的一点，"小个子绅士说，"就是他们害怕任何无法理解的东西。"

"现在可能已经有成千上万人死掉或无家可归了，"马克郁闷地说，"盗贼正到处洗劫这座被遗弃的城市！妈妈知道我们就在市区！"他想到一件事，就又加了一句，"她会很担心，会出来找我们。"

"我可否提个建议，"小个子绅士说，"现在或许是许个真正好愿望的时候。"

"真替你害羞，"简说，"居然误导这些天真的孩子，还假装你相信魔法！"

"啊，她怎么啦？来人让她停下来！"凯瑟琳说。

"我来吧，"玛莎说，"我闯的祸，还是我来解决吧。"

她试着从马克手里拿过手提包。但是，当然啦，手提包穿过她那半透明的手，掉到了地板上。于是，马克拿起手提包，

---

①约翰斯敦水灾（Johnstown Flood），1889 年 5 月 31 日的一场特大洪水，2000 多人丧生，城市大部分地区被摧毁。

让玛莎紧紧地贴着它。凯瑟琳说，就像贴在窗玻璃上的雾一样。玛莎许愿让简的身体康复两次。简立刻就想起了关于法宝的一切。

下一个愿望是妈妈在四分钟之后会发现他们都平安无事。

"这样我就有两分钟的时间，"玛莎说，"让我自己还原。"于是她第三次靠近手提包，"我希望——"她开始说。

但是，有人打断了她。

那个戴帽子的男人和穿红衬衫的女人出现在了店门口。他们的口袋鼓鼓的，很可能装满了抢来的东西。那个男人环顾了一下满墙的书架。

"这地方没啥好东西，梅，"他说，"除了书就没有其他东西了。"

"您需要帮忙吗？"小个子绅士上前一步问。

"如果你只有书，能帮我什么忙啊？"那个男人说。接着，他突然呆住了，因为他看到了那四个孩子。"好吧，原来没有什么凭空消失的奇迹！"他说。"孩子们，你们肯定有某种能让人消失的法宝！就在那个包里吧？"

"什么包？"马克一边说，一边把手提包藏在身后。

那个男人这时已经看到了玛莎。

可能去参加救世军①了吧。

接下来是让那些偷窃的珠宝回到原地，这比较简单。不过，接下来的事情比较难办。

"我希望，"玛莎说，"那些因为我的那个愿望而受伤或受惊的人、毁坏的东西以及出错的事情等，都能还原两次。我还希望，所有因为我的那个愿望而发生的事情都从人们的心中抹掉，就像做了一场梦，两次。"

"除了我，求求你，"小个子绅士说。他正站在那里用一种古怪的表情注视着他们的妈妈："要是记不住今天下午发生的事情，我会恨自己的。"

"除了，"玛莎开始说。接着，又停了下来。"你叫什么名字？"

"史密斯。"小个子绅士说。

"除了史密斯先生，"玛莎说，"当然，还有我们。"她补充道。

他们站在那里听着外面的动静。

远处消防车的汽笛声、警察的哨子声和人群的叫喊声突然都

---

①救世军（Salvation Army），一个国际救助和慈善组织，威廉·布思（William Booth）于1865年建立的一个伦敦复兴组织，1878重新命名。

停止了，一切都安静下来。然后，那种平时的城市交通喧闹声又隐约地传入耳朵。平时听着很烦，现在却很美妙。

玛莎松了口气。

"我刚才还担心这个愿望还没许完，法宝就会消耗光了呢。"她说。

"这是一个非常巨大的愿望，"马克同意道，"肯定消耗了许多魔力。说不定这就是我们的最后愿望。"

"我们过一阵子再试试吧。"凯瑟琳说。

他们的妈妈动弹了一下，睁开了眼睛。她看了看四周。

"我在哪里？"她说，就像书里描述的那些晕过去的人一样。接着，她看到了四个孩子，立刻张开了双臂。

三个女孩跑了过去。尽管是个男孩，马克也跑了过去。

"我做了一个可怕的梦，"妈妈说，"我梦到城里发生了非常吓人的大恐慌。我到城里去找你们，然后——"

"然后你就走进我的书店，找到了他们。"史密斯先生说。

妈妈望着他。

"真的是你。"她说。

"是的。"他说。

"但我以为——"妈妈想说什么。

"我可以发誓——"她想了一下又说。

她用手摸了摸额头，冲着史密斯先生惨然一笑，说："每次我们见面，我好像总觉得发生过一些奇怪的事情！"

她站起身，又环顾了一下这个书店。

"这里真的没有什么窃贼或钻石项链，是不是？"她说。

"什么？"马克说。

"你肯定是做梦了。"玛莎说。

"我想我最好回家躺下来休息一下，"妈妈说，"我感觉怪怪的。"

"啊——哼，"史密斯先生紧张地清了清嗓子，"我有一个更好的主意。你们可以与我共进晚餐吗？饭后我们可以去看看电影，或做其他事情。"

"我们真的不行，"妈妈说，"尽管我很乐意。"她突然用一种令人诧异的语气补充道。

"只要不看电影就行。"玛莎说。

"好吧。那么，"妈妈非常害羞地说，"也许晚饭后可以一起去我们家，"她看着史密斯先生，大笑起来。"我们好像注定要多了解对方呢！"她说。

简不是简

第二天晚上一家人与史密斯先生的晚餐可以说进行得非常融洽。对马克、凯瑟琳和玛莎来说，那天晚上的最大收获就是史密斯先生这个人。

四个孩子通常把大人分为四类。一类是像比克小姐、埃德温姨父、格雷丝姨妈和赫德森太太那样的大人。坦白地说，他们不善于和孩子们相处。四个孩子觉得，拿这类人没办法，只能尽量表现得有礼貌并希望他们赶快离开。

第二类是像金小姐那样的大人。跟孩子在一起时，他们总是假装自己也是孩子。这无疑是出于好意，可四个孩子最后总是替他们感到尴尬。

稍微好些的一类大人是与此相反的类型。他们对待孩子就好像孩子们也是大人似的。这挺讨人喜欢，但有时让孩子们很有压

力。学校里的老师大部分都属于这一类。

最后一类是最好的，也是最少见的大人。他们觉得孩子就是孩子，大人就是大人，就应该这样。但是，在没有改变这一事实的情况下，大人和孩子，没有理由不能友好而自然地相处，甚至交流。

史密斯先生就属于这类人。

晚餐时，他允许甚至鼓励四个孩子点菜单上任何他们想吃的食物。同时，他又坦率地建议，他认为马克会更喜欢嫩牛排和炸洋葱圈，而不是鳕鱼舌。

简说她不怎么饿，妈妈可以帮她点些吃的吗？不，她觉得自己不想要甜点。另外三个孩子都难以置信地瞪着她。

史密斯先生饭后开车送他们回家。这真是太令人兴奋了。因为那时并不是每个人都有汽车，四个孩子家就没有汽车。史密斯先生向他们展示了如何在不停车的情况下从快档切换到慢档。马克觉得迄今为止这几乎和法宝一样神奇。

简说她以前就见识过。另外三人觉得她太没礼貌。

回到家后，史密斯先生证明了自己是一个接龙①和猜纸牌游戏的出色玩家。大家玩腻了纸牌之后，他栩栩如生地讲述了他的澳大利亚旅行。

简说她累了，不想玩游戏，也不想聊天。她还是上床去读完《希尔德加德的收获》②比较好。其他三人互相看了看，觉得事后要好好和简谈谈。

但是，当他们玩到很晚去睡觉、经过简的房间时，往里面瞅了一眼，看到简已经睡着了，或者假装睡着了，便不想再去打扰她了。

---

①接龙，一种纸牌游戏。
②《希尔德加德的收获》（Hildegarde's Harvest），美国作家劳拉·E.理查兹（Laura E. Richards）的小说。

第二天早上，他们没机会问简关于昨天的事情，因为那天是星期六，而这个家的星期六早上总是乱成一团。

星期六，妈妈回家比较早。比克小姐只待半天。这是周六的两件好事。

但是，每个周六，比克小姐都好像要把一整天的家务和牢骚塞进一个上午。这天，孩子们一直都忙着擦银器、清理衣柜抽屉、打扫卫生和做各种杂事。即使偶尔在客厅里碰面，他们也没空说话。

一直快到吃午饭时，他们才陆续来到凯瑟琳和玛莎的房间里聚齐，商讨这天的计划。

计划的中心自然还是围绕法宝以及他们打算利用法宝想做的事情。

"有件事一直让我烦心，"马克和简先后走进来时，玛莎正在对凯瑟琳说，"当我只有一半时，我的另一半去哪里了？"

"别想啦，"凯瑟琳说，"那是只要一想就会头疼的问题，就像先有鸡还是先有蛋一样。"

"尽管如此，"马克一边说，一边在她们旁边坐下，"去找找也许会很有趣呢。"

"你的意思是许愿让我们去那里？"凯瑟琳睁大了眼睛，

"不管那是什么地方？"

"我不想去！"玛莎说，"也许根本就没这个地方！我们可能变没了。"

"如果是那样，我们就什么也不知道了。"马克说。

"可那不是更糟糕嘛！那样我们就永远回不来了！"玛莎哭喊起来，变得非常激动，"我不想什么也不知道！我也不想变没了！要是那样许愿，千万别算上我！"

"喔，你不会的，因为我们不会那么做！"简第一次发言了，她走到那个秘密地方，取出了法宝，"下次该我了，不过我不想许愿。我可能会好多年都不许愿，甚至永远。"她把法宝放进口袋里，开始朝门口走去。

"你怎么啦？"马克一边说，一边跟了上去。

"啊，没什么！"简边说边转身对着他，"没事！一切都很美妙！一切都好极了！一切都好的呱呱叫！"

"哦，难道不是吗？"凯瑟琳问。

"一切都完了，完了！"简哭喊起来，"一切都被彻底毁掉了。一切都因为某个人要将所有的事情都抖出来。"她怒气冲冲地瞪着玛莎。

"我做错什么了？"玛莎说。

"好像你什么都不知道似的！"简说，"我原以为我们将会度过一个美好的、激动人心的、充满各种冒险的秘密夏天。可你非得跑去把一切都告诉一个上了年纪的陌生人！"

"你指史密斯先生吗？"玛莎惊讶地说，"他早不是陌生人了，他是朋友啊。"

"哦，他是朋友，是吗？"简说。"那一切都很美好喽，不是吗？那么现在，我想我们就会有大人加入并且会一直告诉我们该许什么愿。他们还会装得好像不想要借法宝去满足他们自己的欲望。一切都彻底毁啦！"说完，她就穿过客厅，走进自己的房间并关上了门。

其他三人目瞪口呆地站在那里望着她。

"难道她不喜欢史密斯先生？"玛莎说。

"是的，"马克说，"我想她不喜欢。"

简坐在床上，情绪非常低落。她心里很难受。当你对最爱之人表现得非常可恨时，你就明白她的感受了。她甚至自己都不明白为什么会那样做。她也不明白为什么一想到史密斯先生她就很不开心。或者她知道原因，只是不愿意承认而已。

事实上，简是这四个孩子中唯一一个还记得爸爸的人。

他们的爸爸去世时，玛莎还只是一个小婴儿，凯瑟琳和马克还很年幼，年幼得几乎都忘记他了。但是，简记得很清楚，而且非常爱他。由于这一原因，她无法接受史密斯先生进入他们的生活、对他们越来越了解，最终成为家里一员并且甚至取代爸爸的位置。简非常清楚史密斯先生确有此意。

所以现在，简坐在房间里，想了又想，感到痛苦万分。就算口袋里揣着法宝，她也没感到一丝宽慰。因为她很清楚，只要自己许个愿，它就会在其他人身上实现。但是，她想许的唯一愿望太残忍了，她想让自己隐身去扯史密斯先生的胡子，或者用血写一封恐吓信。不过，她已经长大，而且心地善良，知道许这种愿望不仅无济于事，也不会让自己感觉好些。

过了几分钟，有人敲了敲门，马克、凯瑟琳和玛莎排着队严肃地走了进来。

"我们一直在想，"马克说，"我们觉得应该开一次会。"

"关于史密斯先生。"玛莎说。

"走开。"简说。

"只要你真的了解他，你就会喜欢他，"马克说，"他昨晚多有趣啊。"

"哼！"简说。

"当我身体不完整时，他帮了我们大忙，"玛莎说，"他能

理解魔法，不像很多大人那样。"

"哼！"

"所以我们在想……"凯瑟琳的声音越来越小，她看着马克。

"怎样？"简说。

"你告诉她吧。"凯瑟琳对马克说。

"我们在想，"马克说，"许下一个愿望之前，我们可以去见见史密斯先生，听听他的看法，好像问普通问题那样。"

"什么？"简说。

"我觉得我们许愿时应该把他带上，"玛莎说，"这样的话，如果再有麻烦，他还可以帮帮我们。"

"我们好像总是麻烦不断。"凯瑟琳说。

"那样你就可以真正了解他了。"马克说。

"一切就会好了。"玛莎说。

简看着他们，好像无法相信自己的耳朵。"难道这家里的每个人都彻底疯了吗？"她哭喊道，"难道你们不明白他为什么对我们这么感兴趣、这么好吗？难道你们没看到他和妈妈对望的神情吗？你们想要一个老继父搬进来改变一切吗？"

听到这里，其他人都露出惊讶的表情，但好像并不感到震惊。

"我想他应该是一个比较理想的人选。"凯瑟琳说。

"对我这个正在发育的男孩来说是好事，我希望家里有一个男人。"马克说。

"我一直都希望自己有个爸爸。"玛莎说。

简开始发火了："你们真的觉得他可以取代爸爸吗？就他和那胡子！你们难道不知道一个人真的做了继父之后的模样吗？难道你们忘记摩德斯通先生①了吗？啊！"她一边哭喊，一边愤怒地望着他们每个人："没用的！你们根本不明白！我真希望……"

想到法宝，她警觉地停了下来。接着，在完全不计后果的冲动之下，她把手伸进口袋里，紧紧地抓住法宝，继续说："对，就这样！我希望我属于其他家庭！我许两次愿。"

马克、凯瑟琳和玛莎都屏住了呼吸。这是迄今为止最糟的愿望了。他们几乎不敢看一眼简，害怕她会在他们面前变成别人。

但是，当他们抬头看时，站在那里的还是那个褐发、碧眼和塌鼻的简，多年来和他们一起长大、相亲相爱的简。她好像没有什么变化。也许真的没有。马克决定试试看。

①摩德斯通先生（Mr. Murdstone），英国作家查尔斯·狄更斯的作品《大卫·科波菲尔》（David Copperfield）中的人物。

"看这里，小简子。"他一边说，一边把手放在她的胳膊上，那个昵称通常只在特别严重的时刻才会用，"你不是真想那么做，对吧？"

"放开我，你这个坏蛋！"回答他的竟然是一个一本正经的女士的声音，孩子们这辈子都没听过，"你这个讨厌的大男孩！我不喜欢男孩子。我更不喜欢你。"

"啊！"玛莎的脸色变得煞白，"她不认识我们啦！"

"她当然认识。"凯瑟琳说，"你认识我，对不，亲爱的？我是凯瑟琳，咱们一直都甘苦与共啊。"

"不，我不认识你，而且我也不想认识。你的裙子多脏啊。"让他们感到惊恐的是，这个陌生的声音发自简的身体，"我妈妈告诉我别跟陌生的孩子一起玩。"

玛莎开始抽泣。

"真是个不讲卫生的小女孩。"那声音说，"叫她用手帕，她会把病菌传给我。"

"啊，她怎么啦？"玛莎大哭起来。

"那不是她的错，"凯瑟琳试着消除玛莎的疑虑。"我猜这是她所属的那个家的教养吧。这表明我们家多好啊，不是吗？在我们的照顾下，她可友善多了。"

"我不相信，"马克说，"她在逗我们玩，是不是，小简子？"

"别那样叫我，"那个声音说，"那不是我的名字。"

"好吧，那么，"马克边说，边突然转过身，"如果这不是你的名字，那你叫什么？"

这个貌似而实则不是简的女孩愣了一下，好像不大确定该怎么回答。接着，她眼睛一亮。

"我妈妈叫我小康福。"她说。

马克发出呕吐的声音。

凯瑟琳露出反感的神情。"想想我们中的一个竟然变成这样！"她悲哀地说。

"赶快解除这个可怜人的痛苦才是仁慈之举。"马克同意说。

那个不再是简的女孩正盯着房间看。

"我不喜欢这个家，"她说，"这些家具都没品味，太花哨俗气了。"她的嘴唇开始颤抖："我想要回家。"

"哦，你想回家是吗？"马克说，"好啦，我能解决好这件事，说到做到。"他猛地把手伸向那个放法宝的口袋里。

但是，她（已经不是简的女孩）躲开了，还出人意料地打了

121

他一记耳光，就像那些矫揉造作的女士一样。

"活该！"她喊道，"你是一个贼，还是一个坏蛋！"她怒气冲冲地看着他们，"你们是一群没教养的孩子。你们绑架我，还想抢劫我。我要去告诉妈妈！"

说完，她就气急败坏地冲出客厅，跑下了楼梯。等到其他人反应过来、跟着冲下去时，她已经迈着碎步走出了前门。

马克和凯瑟琳三步并作一步地跑下楼梯，玛莎扶着栏杆也下了楼。可是，在楼下的大厅里，比克小姐跳出来，挡住了他们的去路。

"不行，你们不能出门！"她说，"午餐桌摆好之前，一个魂都别想离开这栋房子。"

孩子们别无选择，他们也没有准备好说辞。他们甚至都懒得告诉她简已经离开了。凯瑟琳后来说，看简当时的举动，可能那时她的魂已经丢了。

餐桌从来没有被这么随意地摆放过，银餐具也从来没有这样在空中扔过。马克、凯瑟琳和玛莎几乎没在这些琐事上浪费一分钟。接着，他们冲出家，跑到人行道上四处张望。

在梅普尔伍德大街远处，他们隐约看到了一个穿着简的裙子的身影。她小心翼翼地走着，迈着外八字步。真正的简看到有人在大街上这样走路总会嗤之以鼻。在他们的注视下，那个身影往右一拐，走上了弗吉尼亚街。

他们正要拔腿追上去，一辆汽车停在了他们家门前。史密斯先生从车里下来，帮他们的妈妈打开了车门。

"我们一起吃午饭。"妈妈大声说。她满脸通红，看起来既窘迫又漂亮，"简在哪里？"

三个孩子互相看了看，然后迅速地扭过头去。

"确切地说，我们不知道。"凯瑟琳说。

"我们认为她正在拜访弗吉尼亚街上的一位朋友吧。"马克说。他希望这是事实，也希望她（那个不是简的女孩）不会走得太远。

"那么，我们去接她，"妈妈边说边从车里拿出一些好看的包裹，"要开派对啦。"

三个孩子无助地盯着地面。

"等一下，"妈妈没有注意到孩子们的表现，继续说道，"你们都上车去接她吧，这样我可以更快些。我会告诉比克小姐关于派对的消息。"她两手拎着包，开始往家里走去。

一直等到她进屋后，马克、凯瑟琳和玛莎才转向史密斯先生，七嘴八舌地开始说起来。接着，他们又都停下来，互相看了

123

看对方。

"我们要告诉他吗？"凯瑟琳问。

"要。"马克坚定地点点头，"有时候就得大男人才能解决，现在就是。"

"不管怎么说，我觉得我们都应该告诉他。"玛莎说，"我是说他会知道怎么做。这件事就会证明我的说法。"

然后，他们三人都挤到汽车的前座里，开始告诉史密斯先生早上发生的可怕事情。不过，顾及史密斯先生的感受，他们没有提到简不开心的原因，或者她对继父的看法。

史密斯先生没有在那些不必要的问题上浪费时间。（"这就证明，"马克后来对凯瑟琳说，"他会是一个理想的继父，根本不像摩德斯通！"）他发动汽车，忽地一下冲上梅普尔伍德大街，然后拐上了弗吉尼亚街。

街上看不见那个不再是简的女孩。

"她一定在这个街区的某个地方，"凯瑟琳说，"她没有时间走得太远。"

"我们现在该怎么办？"玛莎说。

"这个问题比较难办，"马克说，"她可能在这些房子的任何一栋中。"

没有说不再做简。这样，她就变成了在这栋冷冰冰的灰房子里长大的简。但是，在她的内心深处，真正的简还在挣扎求存。这是先天遗传与环境的对抗，而且是一场旷日持久的挣扎。

她自己（或者说"两个她自己"）坐了几分钟之后，一位女士出现在门口。她穿着一身朴素的灰色羊毛长袍。

"嗨，你在这里呀！"她喊道，"妈妈一直在担心你。她到处都找不到她的小康福。"

"我出去玩了，"这个一半是简一半是"妈妈的小康福"的她说（从现在起，为了节省时间，我们就直接用她来称呼她）。

"在哪里玩的？"这位灰女士说，"你不在日光浴场，也不在院子里啊。"

"我在街角那边跟几个孩子玩。"

"但我们不认识街角的人呀，"灰女士吓了一跳，"妈妈当然想让你多呼吸新鲜空气、多锻炼。不过，与陌生人说话，一个人可千万得小心！他们是好孩子吗？"

她犹豫了一下，说："你不会喜欢他们。"她低下头，端详着手中那个圆圆的、闪亮的东西。

"真是的，小康福，你今天表现得有些反常啊！"灰女士责备道。

"我知道。"她闷闷不乐地说。

"我没告诉过你，当我跟你说话时要一直看着我吗？"灰女士继续说道，"你手里拿的是什么？"

"我不知道，刚找到的。"

"让我看看。"灰女士边说边把那个闪亮的东西放到自己手里。"不过这很有趣！它看起来像是某种古老的护身符。看，这上面还有文字，但我不认识这种语言。它不是希腊语或拉丁语，很可能是梵语。等爸爸回家后给我们翻译吧。现在，晚饭前小睡一会儿如何？"

简、马克、凯瑟琳和玛莎已经好几年不屑于午睡了。此刻，那个掩藏在"小康福"身体里某处的、残存的简挣扎着浮出了水面。"我一点也不喜欢午睡。"她说。

"可你总是在这个时候午睡啊！"灰女士大声说。

"有吗？"她说，心里一沉，"我难道不能挖几条蚯蚓，再去钓鱼吗？"

灰女士看起来惊呆了。"嗨，小康福！除了必须用作食物之外，你知道钓鱼是残忍的。更何况我们家都是素食主义者！"

"用石头砌一座城堡、用玩具兵打仗如何？"她细声细气地问。

"怎么回事，小康福！"灰女士又喊了起来，"我们家没有玩具兵！那是世界军国主义的象征，不是合适的玩具。我真不知道你今天怎么变成这样！肯定是受了那些坏孩子的影响！不行，我们到楼下客厅去吧，把这个古老的护身符放进古董展示柜里。然后，你可以练习一下新曲子，一直到爸爸回家。"

残存的简一点儿也不想眼睁睁地失去那个圆圆的亮东西，也不怎么想练习新曲子。而且，她对一个睡午觉、没有鲜艳色彩的家充满了疑虑；那些平常而又好玩的东西在这里好像都变得丑陋而又邪恶。她无精打采地跟着灰女士走出房间，下楼来到了客厅。那是一间宽敞、阴冷的灰色客厅。她在钢琴凳上坐了下来。

她开始在钢琴上练习曲子。对过去的简来说，这总是痛苦的折磨。对她来说，这好像是一件稀松平常的事。她一丝不苟且出色地弹着琴，灰女士坐在一把带浮雕的橡木椅上看着一本叫《新视线》的杂志。

这样持续了很长时间，仿佛好几年一样。属于简的最后一丝气息开始觉得还是永远消失比较好。就在此时，有人敲了敲前门。

"会是谁呢？"灰女士说，"爸爸会用钥匙开门，我们家从未有过访客。"

"我敢肯定你没有访客!"残存在她体内的简,带着微弱的生命气息,这么想。

灰女士走过去,打开了前门。一位小个子绅士站在外面。他留着尖胡子,看起来很紧张。

"下午好,夫人。"史密斯先生说着,并将一只手放在背后,好像在交叉手指①(他确实在那样做)。"我正在写一本关于儿童心理学的书,听说您有一个非常聪明的女儿。我可否采访她一下?"

"太有趣了!"那位女士大声说,"我自己一生都在研究儿童心理学!"

"是吗?"小个子绅士说,看起来更加紧张了。

"是啊。你采用什么方法研究?施瓦茨–梅特科卢默,还是勃朗特索瑞?"

小个子绅士看起来好像希望自己不在这里。"我有自己的方法,"他说,"您不会听说过。"

"但那多有趣啊!"灰女士大声说。"你一定得进来好好和我讲讲。"她带着小个子绅士穿过灰色大堂来到了灰色客厅。

---

①交叉手指(cross one's fingers):西方人祈求成功或好运的一种做法。

　　外面，凯瑟琳从她躲着的绿树篱后面探出身来。"喂。"她小声说着。

　　"过来。"马克在他藏身之处说。

　　玛莎跟在后面，他们穿过翡翠绿的草坪，走上了房前的台阶。激动之余，那位灰女士让前门半开着，自己站在过道里。孩子们能够完全清楚地听到客厅里发生的一切。

　　"当然，我们不希望公开，"那位女士说，"你在书里不会用到她的真名，对吧？"

　　"当然不会，"史密斯先生说，"关于她的那一章，我会称之为'简的案例'。"

　　马克、凯瑟琳和玛莎听到有人大声地喘气，好像刚才提到的这个名字对房间里的某个人具有某种意义。

　　"当然啦，除非这是她的名字？"史密斯先生继续说。

　　"噢，不，"那位女士说，"我们叫她'小康福'，不过她的名字是伊菲吉妮娅。"

　　"伊菲什么？"凯瑟琳在门口问马克。

　　"嘘。"马克对凯瑟琳说。

　　"我明白了。"客厅里传来了史密斯先生的声音，"你好吗，伊菲吉妮娅？你相信魔法吗？"

　　"噢，不……"她还没来得及回答，那位灰女士就抢先说。
"我恐怕你这个方法有点过时了。伊菲吉妮娅从来不相信魔法，
或任何其他不真实的东西。"

　　"那太可悲了。"史密斯先生说，"那么，她的兴趣是什
么？或者，她收藏东西吗？"

　　"嗨，当然了。"她同样没来得及回答，那位灰女士又说
道，"她收藏艺术品。今天下午她刚带回家一个很稀有的古老护
身符。"

在门口，玛莎掐了一下凯瑟琳，"那个法宝！"她轻声说。

"嘘——"凯瑟琳也轻声说。

"不是吧？"史密斯先生听起来有点激动，"我在想可否让我看一眼那个护身符呢？"

"我觉得没理由不可以看。"那位灰女士说。可以听到她穿过房间的脚步声，马克、凯瑟琳和玛莎抑制不住好奇心，他们穿过大堂，想看看正在发生的事情。

大堂的地板磨得光滑锃亮，上面还散乱地铺着一些手工钩织的地毯。玛莎被一块地毯绊了一下，在地板上滑倒，一下子撞进了客厅。那位灰女士这时恰好从古董展示柜那边回来，手里拿着法宝，史密斯先生正急着伸手去接法宝。马克和凯瑟琳跟着玛莎一起进了客厅。

"嗨。"她冲着他们笑了笑。在这栋灰房子里待了半个小时以后，她觉得他们比上次可爱多了。她转过去看着那位灰女士："他们就是今天下午和我一起玩的孩子。"

"哦，我恐怕他们都是非常粗野的孩子。"灰女士慢慢恢复了镇定。她严厉地看着马克、凯瑟琳和玛莎。"在这个家里，不经允许，不可以从前门进来。我想你们最好赶紧回家，伊菲吉妮娅不想见你们。"

"啊，她想见我们！"马克一边勇敢地说，一边往前迈了一步，"让我拿着那个法宝，只要一分钟，我就能证明这一点。它毕竟是属于我们的。"

"如果你指的是这个稀有的古老梵语护身符，"灰女士说，"它当然不属于你们。它属于我的伊菲吉妮娅。"

"她不是你的，她是我们的。"玛莎一边说，一边从地板上爬起来。

"她的名字不是你刚说的那个，是简。"凯瑟琳说。

"她不住在这里，她住在梅普尔伍德大街上。"马克说。

"别多说啦，"灰女士说，"我从没听过这么可怕的胡言乱语！你们要么是我所见过的最没教养的孩子，要么就是一群神经病！我恐怕得打电话喊你们的父母过来！"

"别，别那么做！"史密斯先生忐忑不安地走了过来，"我想这都是我的不对，是我让这些孩子过来的，只是一个小实验。您懂的，我研究方法的一部分。"

"那么，你的研究实在不怎么样。"那位女士真的生气了。"我不相信你是个儿童心理学家。如果是的话，那你就太不称职了！我会写信向《心理学期刊》投诉。"

"很好，您说得对，我不是心理学家。"史密斯先生只好实

话实说，"不过，您别害怕，我可以解释这一切。只是这个故事太长了。所以，如果您让我拿着那个法宝……"

"原来如此！"灰女士大声说，"我现在全明白啦！这是个阴谋！你假装是一个写书的心理学家来到这里，却一直想偷走我们的艺术藏宝！真不要脸，还利用这些可怜的孩子！"

"不，不，"史密斯先生开始不安起来，"这就是一个错误。那个小女孩根本不是您所认为的女儿。"

"如果你了解她，你就不会喜欢她了，"凯瑟琳认真地补充道，"你会发现她是一只披着羊皮的狼。"

"她是我姐姐，只是被你称作那个名字罢了。"马克说。

"幻觉。"史密斯先生解释道。

"我们想要带她回到大家都善待她的地方，"玛莎说，"简，简，离开这个冰冷而又湿滑的房子，回家吧！"

那个在伊菲吉妮娅心底深处残存的简，听到了玛莎的呼唤。她想，跟玛莎、马克和凯瑟琳在一起，多开心啊！还有史密斯先生，比在这里跟灰女士一起好多了。她想起了自己的家，自己的家人，希望自己再次属于他们。她非常想回答玛莎，她拼命努力地想上来说话。

就在她要说话之际，被人打断了。一个瘦小的灰绅士出现在客厅里。

"亚沃思！你终于回来啦！"灰女士大声说，"这个罪犯，在这些失足孩童的帮助下，想抢走我们的伊菲吉妮娅！"

　　"亲爱的，"灰绅士稍微后退了一下，轻声地问道，"你确定吗？"

　　"别光站在那里呀，"灰女士大声说，"保护我们呀！伊菲吉妮娅会怎么看她的爸爸？"

　　可能永远都没人会知道伊菲吉妮娅如何看她的爸爸了。因为，已经受够了伊菲吉妮娅和她的父母，史密斯先生决定采取行动。

　　"很抱歉，夫人，我只好动手了。但您事后会感谢我的，"他说，"至少我希望如此。"

　　于是，他从灰女士手里一把夺过法宝，深吸一口气，许愿说希望简变成原来的简两次。

　　简突然发现自己又恢复了原样，高兴地又哭又叫起来。令马克、凯瑟琳和玛莎大吃一惊的是，她直接奔向了史密斯先生。

　　"您真是太好了，"她说，"我的一部分一直在这里，希望您能救我，而您做到了！您真是太棒了！"

　　"这没什么。"史密斯先生谦虚地说。

　　"我们早告诉过你啦。"马克和凯瑟琳对简说。

　　他们也都跑向史密斯先生，玛莎也是。现在，他们五个人齐心协力地站在那里，挑衅般地望着灰女士和灰绅士。

　　灰女士正眨巴着眼睛，灰绅士揉着眼睛。他们好像是刚从噩梦中醒过来的两个人。

"你们闯进来想干什么？"灰女士厉声问道，"你们在我家里做什么？赶紧离开。"

"那么，她不是你的小女孩？"史密斯用胳膊搂着简问。

灰女士厌恶地看了看简，"我这辈子没见过这么可怕的小东西。"

"你从来都没有过女儿，是不是？"史密斯先生继续问。

"当然没有，"灰女士宽慰地说，"他们太吵、太折磨人、太让人紧张了。"

"那么，如果我们带她走，你也同意喽？"

"如果你们不立刻离开这栋房子，我丈夫就要采取行动了！是不是，亚沃思？"灰女士说。

灰绅士惊慌地往后退了一步，他没有回答。

"谢谢您，夫人。我只需要知道这些。"史密斯先生说。他一边礼貌地鞠躬，一边掏出法宝许了另外一个愿。

当然啦，如果他征求四个孩子的意见，他们就会告诉他如何把第二个愿望说得更好。

因为刚接触魔法，史密斯先生没有孩子们的那些经验，比如要在愿望里说让他们别离开太久、正常地回家、别让妈妈觉察到

任何异常等。他只是许愿让大家回两次家而已。

所以，妈妈走进客厅时，客厅是空荡荡的，可是，转眼间，史密斯先生和四个孩子都坐在了客厅里的椅子上。她真是太吃惊了。

"太可笑了！"她说，"我刚才怎么没看到你们坐在那里。我也没听到汽车开过来。"

她瞄了一眼窗外。与此同时，史密斯先生想起来汽车还停在弗吉尼亚街上，那好像是很久以前的事情了。

他碰了碰口袋里的法宝，飞快地许了一个愿。可他许愿不够快。所以，当妈妈望向窗外时，她一开始只看到了空荡荡的街道，突然间，那辆汽车停在了那里。

她把手放在额头上，一屁股坐了下去。

"我真的该去找医生看看眼睛了，"她说，"我一直觉得自己能看到稀奇古怪的事情。"

"是太阳，"史密斯先生说，"今天的太阳特别毒辣。"

"我也觉得今天上午自己看到了一些非常奇怪的事情，就在那边的弗吉尼亚街上。"马克大胆地说，同时冲着史密斯先生和简眨了眨眼。

玛莎吃吃地笑了起来。

"午餐准备好了。"比克小姐在门口愁眉苦脸地说。大家一起涌进了摆满丰盛食物的餐厅。

四个孩子觉得午饭派对非常成功，但妈妈看起来有点烦恼，心事重重的。她不停地把手放在额头上，好像要弄明白某件事。这点好像也让史密斯先生有点担心。

不过，孩子们情绪非常高涨，妈妈的心情也好了许多。特别是简的表现，足以温暖任何一位烦心的妈妈。

她无私地帮忙做事，主动热心地递东西，拒绝享用最后一份美味的奶油糖汁馅饼，坚持把它分给朋友或家人，急于表明自己比其他任何人更爱这个家。没人敢相信这是以前那个风风火火、性情暴躁的简。

"只要经历过那个法宝的一番磨练，人真的能变得更好啊。"凯瑟琳悄悄地对马克说。

"餐桌上再乱说话，早饭就该去马厩里吃。"妈妈说。

"凯瑟琳只是说简今天上午太妩媚动人了。"马克边说边壮着胆子冲其他人眨眼睛。

"就是，我们以前都以为她不是这样呢。"凯瑟琳也壮着胆说。

玛莎又吃吃地笑了起来。遗憾地是，史密斯先生也在傻笑。

"什么笑话这么好笑啊？"妈妈说。

"啊，没什么。"四个孩子齐声说。

"我就是觉得很幸福，"史密斯先生说，"这是对我的恩赐。我一直独自生活。你们知道，这是许多年来我第一次参加这样的家庭派对。"

简环顾了一下房间，看到柠檬黄的墙上张贴的各种彩画、有着欢快图案的印花窗帘、地板上的鲜艳地毯以及餐桌旁的一张张笑脸。

"这真是一个美好的家庭，"她说，"这是全世界最好的家庭！"

然后，她冲着史密斯先生笑了笑。

"我想你以后也会这么认为。"她说。

最后的愿望

"今天谁拿法宝？"第二天一大早玛莎问，"我们都轮过一回了。现在重新开始，还是大家商量好一件事后一起许愿？"

"我觉得应该让它休息一天，"凯瑟琳说，"毕竟今天是星期天。"

孩子们都觉得星期日使用魔法好像不太妥，至少应该让它休息一天。四个孩子没有再提使用法宝的事。现在他们知道法宝被唤醒之后事情会变得多么难以控制。

所以，凯瑟琳整个上午都在阅读最近找到的《英戈尔兹比家传奇》，马克则忙着组装他的"摩卡诺"起重机模型。

简迁就着玛莎，和她一起玩洋娃娃。简过去通常对这种游戏嗤之以鼻。不过，经历了昨天的那件事之后，她现在觉得应该善

待每个家人。不过，玩游戏的过程中，她的本性逐渐占了上风。上午还没结束，很多洋娃娃都已被刺穿心脏或烧掉了。

四个孩子都很讨厌星期天的中午大餐。所以，当饿得没法子时，他们只得喝了点汤，吃了点面包。就在那时，史密斯先生来了。他问他们和妈妈是否愿意跟他出去兜风，然后一起野餐。他说他知道一个非常不错的野餐地点，那里有河流、秋千、草坪和树林等。而且，他已经在迈纳特糕点店准备了六份盒式便餐。

简、马克、凯瑟琳和玛莎都迫不及待地想赶紧出发。

"为什么盒式便餐总是听起来那么美味呢？"凯瑟琳想知道，"它让你觉得里面几乎应有尽有，鸭蛋啦、花蜜啦，还有各种人们从未吃过的三明治。"

妈妈却说头疼，觉得自己最好待在家里。这听起来压根儿不像她。孩子们都盯着她看。

"您从来没头疼过。"马克说。

"您从来都不想待在家里，也从不浪费东西。"凯瑟琳说。

"没有您，就不好玩啦。"简说。

当然啦，妈妈只好让步。五分钟之后，他们出发了。

就像史密斯先生描述的那样，野餐地点非常完美。玛莎在草坪上摘蝴蝶草的红花，只不过那些草好像也是蜂草，她还被刺到

144

了。凯瑟琳在树林里浪漫地悠然散步，她几乎肯定自己看到了一条蛇。简和马克想要在河中铺上一些踏脚石，结果却掉进了河里，浑身的衣服都湿透了。总的来说，这是一次快乐的家庭出游。

盒式便餐里没有鸭蛋或花蜜，不过那些三明治确实不同寻常，里面有魔鬼蛋、土豆沙拉以及很多的花样小蛋糕。孩子们都吃得很开心。他们挑出自己最喜欢的小蛋糕，然后和别人交换其他蛋糕。

马克和史密斯先生熟练地搭起了篝火。大家围着篝火吃晚餐、

讲故事和唱歌等。一直到九点钟以后，大家才再次挤进汽车，穿过夜幕回家。

四个孩子都玩得疲惫不堪而又非常尽兴。他们皮肤都晒黑了，而且昏昏欲睡。一回到家，他们就径直上床休息了。

玛莎累得浑身酸疼，她好像无法入睡。她注意到史密斯先生没有立刻回家，而是坐在那里和妈妈一小时接一小时地聊天。

大概半夜时分，她醒了过来，可能是因为吃了太多的蛋糕吧。她几乎可以确信她听到妈妈在哭。

这当然不可能啦。玛莎还从来没听妈妈哭过。那肯定不是他们的妈妈，因为她总是那么快乐、那么坚强、那么忙碌和那么理智。她还是《托莱多新闻》的骄傲呢！

她蹑手蹑脚地走到门口听了听，好像没有任何声音。她松了口气，断定是自己弄错了。于是，她回到床上继续睡觉。

但是，第二天早晨，妈妈在早饭时几乎没说话。她脸色苍白，眼圈发黑，玛莎的心里又犯嘀咕了。

早饭后，妈妈去上班了。简继续发扬光大她的家庭献身精神，主动要求洗盘子，不用别人帮忙。她的光辉榜样激励了马克和凯瑟琳，他们坚持一定要帮忙。

玛莎跟着他们进了厨房，坐在那里看。她心里盘算着自己的担心是不是太牵强，要不要告诉大家。

"大家有没有注意到我们已经拥有法宝整整一个星期啦？"简边说边刮掉盘子上的面包屑，然后把盘子放进肥皂水里。

"真的吗？"凯瑟琳说，"好像过了好几个月了。"

马克开始数起来："火灾是星期二，沙漠是星期三，星期四我们遇到了朗斯洛特爵士，星期五去看了电影，星期六简变成了其他家的人，最后星期天我们休息。"

"今天是星期一，"简说，"第七天。我读到过，'七'是一个魔法数字。也许今天会是最大的愿望。"

"仔细想一下，至今还没发生过什么伟大而又影响深远的大事呀。"马克说，"我们已经有过很多冒险，可我们还和当初找到法宝时一样。"

"我们的性格都变好了，"凯瑟琳说，"我觉得我们更幸福了。"

"我觉得妈妈没有。"玛莎说。

三个人都转身看着她，"你什么意思？"他们异口同声地问。

玛莎还没来得及回答，大厅的电话响了。

马克第一个接电话。

　　"你好？"他说，"哦，您好。"他转身对其他人说："是史密斯先生。"

　　"我来。"简边说边抢过电话。

　　"说实话，"马克对凯瑟琳抱怨道，"自从我们费了一番劲让简喜欢上史密斯先生以后，现在你会觉得他就像是她的个人财产似的。"

　　"行，"简对着电话激动地说，"行。没问题。我们会的。好，马上！"

　　她挂上电话，转过身来。她表情严肃并郑重其事地说："重大会议！二十分钟后在书店集合。车费可以报销，我们能凑齐这笔钱吗？"

　　整个礼拜都在魔法体验中度过。所以，大家的零用钱都原封未动。凑钱不成问题。

　　"我们要带法宝吗？"玛莎问。

　　"那自然喽！一次重大会议还能关于什么其他事呢？"简毫不客气地说。

　　凯瑟琳去秘密地点拿来了法宝。然后，等比克小姐一转移注意力，四个孩子偷偷地走下了前面的台阶，匆忙地奔出门去。他们一口气跑过了两个街区，来到班克洛夫特大街等公共汽车。这样就不会被比克小姐看到，省了令人不快的麻烦。

去市中心的车程好像没有尽头，不过最终还是到了。十分钟之后，他们急急忙忙地冲进书店。

史密斯先生从桌后面站起身，走过来迎接他们。他看起来有些心神不宁。

"你们好，"他说，"你们比我想象得要快。请坐下，我有些事情要告诉你们。"

四个孩子看了看周围，所有可以坐的地方都堆满了书，于是他们就继续站在那里。史密斯先生好像没有注意到。他犹豫了一下，清清嗓子，拿出手帕，接着又放回去。他看着地板。

"哎呀，我发现这太难了。"他说，"我想，或许如果你们别再叫我史密斯先生，叫我雨果①，那样会好一些。"

简打了个激灵："我做不到！"

"那是个很糟糕的名字。"马克直率地说。

"要不我们缩短一下？"凯瑟琳建议道，"'休'挺不错的。"

"我要叫他'巨大'，"玛莎不管不顾地说，"不管怎样，

①史密斯先生的名字是雨果（Hugo），第一个音节与"休"（Hugh）同音，Hugo 的拼写和发音又和"巨大"（Huge）相近。

他会在我们的未来中发挥巨大作用，如果你们知道接下来要发生什么的话！你们知道，如果他就要做我们的——"她突然停下来，用很有穿透力的、能够传到房屋各个角落的声音轻轻地说出了最后两个字——"继父！"

史密斯先生听到以后，满脸涨得通红。

"那么说，你们已经知道了！"他说，"我还在想着应该怎样开口告诉你们呢。这就是我想说的。真的，我深深地爱上了你们的妈妈，并且请求她做我的妻子。"

"我们都觉得你会那么做。"玛莎说。

"哪天都行。"马克说。

"我们觉得这太好了。"凯瑟琳说。

"尤其是我。"简说。

"谢谢你们。"史密斯先生说，"你们是四个非常可爱的孩子。做你们的继父，我会非常自豪和幸福。你们可以叫我雨果或你们喜欢的其他名字。"

"雨果大叔，"马克说，"这样比较有礼貌。"

"只是有一个困难。"史密斯先生说。

"她不接受你吗？"凯瑟琳说，"她是不是太害羞、不容易取悦？"

"如果你同意，我可以去说服她，"马克提议道，"我很擅长这点，真的。"

"我会告诉她，我认为她能够得到你是很幸运的。"玛莎说。

"拜托了，我求求你们，千万别这样说！"史密斯先生惊慌地说，他的脸又红了，"不，你们的妈妈已经承认她也非常喜欢我。但是，昨天晚上她明确告诉我，答案是'不'。原因是她相信自己生病了，精神疾病。你们猜想一下这是为什么？"

"她注意到了一些事情，"简说，"我们凭空突然冒出来。"

"她那个实现了一半的愿望，那次她在班克洛夫特大街碰到了你。"凯瑟琳说。

"我和那些钻石还有窃贼。"马克说。

"那么，昨晚我的确听到她在哭了。"玛莎说。

"哎呀，她哭了吗？"史密斯先生说。

"那太糟糕了。"马克说。

"这都是我们的错。"凯瑟琳说。

四个孩子看起来都很严肃。接着，简的脸上露出了喜色。

"没关系，我们可以处理好。"她说，"还能更简单不？我们去坦白，把这一切从头到尾都告诉她。"

"你觉得她会相信吗?"史密斯先生说,"要记住,你们的妈妈是个非常务实的人。"

"还很顽固。"凯瑟琳同意道。

"我们可以演示给她看,"马克含含糊糊地建议道,"我们可以用法宝把她带到某个地方。"

"这主意好!"简的眼睛亮了起来。"我们让她许愿——我们可以满足她的任何心愿!这将是最好的解决办法!来吧,我们现在就过去。"

"千万小心,"史密斯先生说,"我们最好先计划一下?"

但是,他的这些话都留在了书店的空气中。简已经手握法宝，在莽撞和激动之余，还没想好到妈妈那里之后应该怎么做，就许愿了。

一转眼，他们已经在妈妈的办公室里。

孩子们的妈妈是这家报纸的"女性俱乐部"编辑，这意味着她要写所有与女性相关的小文章，如哪位女士要去另一位女士家

里聚会、她们会准备吃什么食物等。

这不是一份非常重要的工作。她的办公室也很小。今天，这间办公室已经被一位胖女士占满了。她正在告诉他们的妈妈自己打算为"轻闲女性联盟"举办一场"百味餐盛会"。

所以，当简、马克、凯瑟琳、玛莎和史密斯先生突然来到办

公室时，这里显得非常拥挤。

这五张熟悉的面孔凭空出现在她面前时，"啊呀！"妈妈大叫了一声，她的脸变得煞白，"就是这样，又来啦！"

"说真的！"那位胖女士对紧紧挤在她身边的简、凯瑟琳和玛莎说，"别推啦！"

"对不起，但我们现在没时间给你。"简一边对胖女士说，一边许愿让她回到原来的地方两次。

胖女士非常气恼地发现，她突然回到了自家的厨房。后来，她控告这家报社使用了巫术，但她一直没能拿出证据。

办公室里，妈妈脸色苍白地盯着胖女士刚才站立的地方。

"一切都很好。"简对她说，"我们知道你在想什么，但你想错了。我们可以解释。"

"你以为自己疯了，其实都是因为我们。"玛莎说。

"我们得到了一个魔法法宝。"马克说。

"我们已经拥有它一个星期了，只是没告诉你。"凯瑟琳说，"我们觉得你是大人，没法接受它。"

"看望格雷丝姨妈和埃德温姨父的那天晚上，您希望自己能回到家里，那时你就带着它。"简说，"它可以实现一半的愿望。就这样，你碰巧遇到了史密斯先生。这证明它是一个好法宝，因为我们都觉得他会成为一个很好的继父，而一点儿也不像摩德斯通。我们一致同意他做我们的爸爸。我们觉得你应该马上和他结婚。"

妈妈责怪地看着史密斯先生。

"你告诉他们了！"她说，"现在他们做这些事来让我感觉好过些。你怎么能这样？"

"不，根本不是这样。"简说，"真的有一个法宝！你看。"她把法宝放到妈妈的手里。

"这是一枚五分硬币。"妈妈说。

"我一开始也这么想，"简说，"可它不是。你看，这上面有古老的符号！许个愿吧。为什么不试试呢？那样就能证明一切啦。您想要什么都行。等一下，我先演示给您看。"她碰了碰放在妈妈手中的法宝。

"我希望有两只鸟从窗口飞进来，跟我们说话。"

一只山雀马上从窗口飞进来站在了桌子上。

"你们好。"它说完又飞了出去。

妈妈紧闭上眼睛。"让它离开！"她说。

"它离开了。"玛莎说。

妈妈重新睁开眼睛。"这确实证明了，"她说，"这正是我

155

担心的。这一切都超出了我的接受能力。我的精神要崩溃了。"

"好啦，好啦，"史密斯先生说，"你可别太激动。"马克打断了他。

"真是的！"他嫌恶地对简说，"让鸟进来跟妈妈说话！难怪妈妈觉得自己疯了呢！谁想要那样的东西？难道你忘了妈妈总是说想要做报纸的城市版编辑吗？我来许这个愿吧。"他从简手里拿过法宝。

"小心点！"史密斯先生说。

"好的。我知道怎么说。"马克安慰他。然后，他许愿了。

报社老板走进了办公室。

"啊，亲爱的女士，"他说，"有家人围着你转，你看起来多么幸福啊。"

妈妈愁眉苦脸地望着他，什么话都没说。

"在妈妈的小家庭里，史密斯先生扮演什么角色呀？"凯瑟琳一边咯咯地笑，一边悄悄地对马克说。

"嘘。"马克说。

"我们正在调整公司的组织架构，"报社老板继续说，"我很高兴地通知你，从现在起，你可以称自己为城市版编辑了，薪水也会大幅提高。"

"不，"妈妈固执地摇摇头，"这不是真的。这只是一场可怕的、发疯的噩梦！甚至你也不是真的，你只是一个……一个幻觉！"

　　"这是真的！"报社老板看起来很不大高兴。很显然，他不喜欢被称作幻觉。

　　"哦，妈妈，"马克说，"别担心，接受吧。难道你不记得自己总是说，你自己一个人经营这份报纸的话，肯定也会比这里那些笨头笨脑的家伙干得好吗？"

　　"真想不到！"报社老板冷冷地说，"既然那样，我最好收回刚才的任命。你最好到其他地方另谋高就吧。"说完，他就很威严地离开了。

　　"真是越来越糟糕了！"妈妈痛苦地说，"现在我被解雇了。他会去告诉其他人，这都是因为我胡说八道，彻底发疯了。而且，他说的对，因为我真的疯了。"

　　"好啦，好啦，"凯瑟琳安慰她，"马克不知道，他也不可能知道，因为我是唯一真正懂你心事的人！"她转向其他人。"妈妈曾经告诉我，在我们这个年龄时，她总是想要做一名无鞍马术表演者。"凯瑟琳把法宝拿到手上。

　　"天哪，我真难想象——"史密斯先生正要说话。

不过，他话才说了一半，凯瑟琳已经许愿了。他和四个孩子发现自己已经坐在了一顶巨大的马戏团帐篷里，在大看台的第一排座位上。马戏团领班打着响鞭，宣布拉·格洛丽亚，世界上最优秀的无鞍马术表演者，将要献上一场挑战死亡的表演。

随着一阵铙钹的欢响，拉·格洛丽亚骑着白马入场了。拉·格洛丽亚就是孩子们的妈妈。她穿着粉红色紧身衣和百褶短裙，看起来不太像她。她的表现也与往日不同。

她优雅、匀速地骑马绕场一周，然后兴致勃勃而又娴熟地骑马穿过大铁环。最让四个孩子惊恐的是，她好像乐在其中。

"呼——啦！"她高喊道，"啊——呼！驾！"

"让她停下！"玛莎哀求道，"她会伤到自己的！她会掉下来。"她跨过围栏，跑进了表演场。简、马克和史密斯先生紧随其后。忘了手中还握着法宝，凯瑟琳也跟了过去。拉·格洛丽亚只好勒住马，以免踩到他们。

"走开！你们毁了我的表演！"她高傲地说。

"太可怕了！她不认识我们！"玛莎哭喊起来。

"她当然认识我们，对不对？"简说。

"不认识，我也不想认识！"拉·格洛丽亚说，"走开！表演必须继续！"

158

"为什么？"马克总喜欢据理力争。

他们身后，看台上的观众开始骚动起来。

"我的意见是把那些打断别人娱乐的人撵出去。"前排的一位女士说。

"你说的对，"坐在她边上的另一位女士说，"把他们赶出去！"

周围响起了嗡嗡的抱怨声。

"前面的坐下！"有人大叫道。

马戏团领班朝他们走过来，"啪"地甩了一下鞭子。

眼看不愉快的事情就要发生，凯瑟琳赶紧取消了愿望。他们发现自己又回到了报社。

妈妈坐在桌旁，脸上带着一丝恍惚的、睡梦般的笑容。凯瑟琳焦急地转向她。

"怎么样！"她说，"现在相信了吧？"

妈妈的笑容消失了，她看起来很固执。"那不是真的，"她说，"只是一场梦。"

"那么，我们怎么都知道你的梦呢？"凯瑟琳说。

"你们不知道，"妈妈说，"也没法知道。"孩子们无论说什么都没法让她相信魔法。经过五分钟的努力，他们都气喘吁

呀，开始感到有些绝望了。

"可否让我说一句，"最后，史密斯先生说，"要是你们肯听我的话——"

但是玛莎打断了他。

"如果问我，我当然听啦。"她说，"问题在于，这些愿望都没用，因为我们没有让她先相信我们。"

其他人都看着她。

"很对。"马克说。

"这话居然出自乳臭未干的娃娃之口。"简说。

"我们怎么没想到这点呢？"凯瑟琳说，"你当然得先相信魔法啦。不然的话，就算它实现了，你的理智还是会拒绝相信它！"

"千真万确，"史密斯先生说，"现在我建议——"

但玛莎已经把法宝拿在手中。

"噢，妈妈，"她真诚地说，"亲爱的妈妈，如果你不那么坚持自己对魔法的观点该有多好！我希望你会相信我们告诉你的一切！我许两次愿！"

"我相信，亲爱的。我相信你。"妈妈说。

"你相信有法宝吗？"

"那是自然，亲爱的。你说有就有，亲爱的。"

"一切都很好，你也会和史密斯先生结婚，以后一起幸福地生活？"

"你说什么都行，亲爱的。"

"好了吧！"玛莎得意地看着其他人。

但是，马克怀疑地看着妈妈。

"不对劲，"他说，"那听起来根本不像妈妈！"

"是啊，不像，是不是，亲爱的？"妈妈说。

"我们不想要一个只会什么事都答应的妈妈！"

"对，你们不想要，是不是，亲爱的？"妈妈说，"我也不想要。"

"你们明白我的意思吗？"马克说，"哎，我敢打赌，如果我说月亮是生干酪做①的，她也只会说：'对啊，亲爱的。我知道，亲爱的。'"

"难道不是吗？"妈妈说，"我完全同意你的说法，亲爱的。"

现在，其他三个孩子也和马克一样慌了神。

"太吓人了！"简对玛莎哭喊道，"你把妈妈变成了不辨是

---

①这是一句谚语，意指"（只有傻瓜才会相信的）最荒唐的说法"。

非、只会胡言乱语的废人！哎呀，史密斯先生才不要和这样的她结婚呢！"

"不，他不会，对吗？"妈妈满意地说，"我也不会。"

房间里安静得让人害怕。

"现在，"史密斯先生严肃地说，"或许你们同意让我来提建议了吧？"

没人有心情回答他。

史密斯先生从玛莎手里接过法宝。

"我建议咱们重新来过，"他说，"我也建议咱们慢慢来。三思而后行。"他庄严地拿出法宝，好像在教堂里一样。

"首先，我希望艾莉森恢复她自己天生的、固执而又可爱的本性，我许此愿两次。但是，我还希望在艾莉森恢复以后，能够开放她的思想，接受这个法宝的秘密，我许此愿两次。我的第三个愿望是我希望能够消除她对这个法宝的恐惧并接受它所带来的恩惠，两次。"

又是一阵静默。然后，妈妈环顾了一下他们，笑了。很明显，那些刚才他们来到报社之后的疯狂经历已经从她的记忆中消失了。

"嗨，"她说，"你们一起来这里给我一个惊喜，真是太好了。"

"我们来，"史密斯先生说，"送给你一份礼物。"他把法宝放在她的桌子上："这是一个魔法法宝，能实现一半的愿望。不管想要什么，你只需对它许两次愿，就能立刻实现一次。这是我们所有人的爱心礼物。现在，你最想要什么？"

"你知道，"妈妈没有拿起法宝，"我最大的心愿就是与你结婚，让孩子们能够和我一样爱你。我不用再为报社工作，不再劳烦比克小姐，自己留在家里照顾孩子。夏天时带孩子们去乡下度假，他们一直都想要那样。还有剃掉你的胡子。"

"当真？你不喜欢它？"史密斯先生惊讶地说，"留了这么多年，我已经舍不得它了。不过，如果你嫁给我，不需要任何法宝的帮助，我会努力去实现你的其他愿望。我们可能不会太富有，因为开书店的人很少有钱。但是我想夏天可以带大家去乡下度假。"

他牵起妈妈的手，两个人互相望着对方。

"难道你不打算许愿吗？"凯瑟琳停了一下问。

"有必要吗？"妈妈说，"我们已经拥有自己的幸福了。"

"哦。"凯瑟琳失望地说。

四个孩子都拉长了脸。他们这辈子还没如此失望过。过了一

会儿，凯瑟琳笑逐颜开起来。

"但是，最重要的是一次许愿使你们相遇，"她说，"再一次许愿又让你们重逢。某种意义上来说，法宝赐予了我们现在的一切。"

"也许这就是它为我们生活中所做的最大、最重要的一件事。"马克说。

"你的意思是它可能已经用完、不再起作用啦？"玛莎惊慌地问。

"啊，今天也是第七天哎。"简大声说，"也许魔法已经耗尽了！"她拿起法宝转身对史密斯先生说："我不想多管闲事，而且我确信你会通过自己的辛勤工作实现妈妈的心愿。"她说："但是，为了保险起见，我希望她所有愿望都能成真两次！"

只听见史密斯先生惨叫了一声，用手不停地摸着已经没有胡子的下巴。四个孩子后来都觉得没有胡子的他看起来非常帅气。

他们当时还没注意到他的帅气，因为那时发生了一些其他事情。

突然间，整栋房子好像都开始发光，周围传来了遥远的歌声和钟声，空气里弥漫着一股淡淡的香气，不像肉桂、香草或世界上任何花园的香气。那是魔法的芳香。

妈妈和史密斯先生站在那里对望。他们没有察觉到光亮、听到歌声或闻到香气，因为他们只看到了对方眼中的光芒、听到对方的心跳以及感受到彼此的爱意。

渐渐地，光亮、歌声和香气消失了。

"我猜那就是最后的愿望了，"马克说，"以前许愿都没听到钟声或闻到香味！"

"你说什么？"妈妈说。

"我说我猜那就是最后的愿望了，"马克说，"法宝的最后愿望。"

"什么法宝？"史密斯先生问。

他们都已经忘记了。既然已经实现了自己的心愿，他们再也不需要任何其他魔法。他们转身走出报社，四个孩子跟在后面。

简的手里还握着法宝。孩子们都确信，随着最后一个愿望的实现，法宝已经失去了魔力，再也不会有魔法冒险了。

"不过，"他们都来到大街时，马克高声地说出了大家心里的想法，"我们还可以再试一下。许个愿，任何蠢事都行。"

"好啊，我希望自己有四个鼻子。"简说。

大家都看过来，但是简的脸上依然只是那个小塌鼻子。

"那就算了，"马克说，"再见，法宝。"可是他的声音里

透着快乐。

"我猜它是来让我们幸福的，"凯瑟琳说，"现在我们多幸福啊！"

"我们以前不幸福吗？"玛莎问。

"啊，当然，从某方面来说也很幸福。"马克说，"有些人幸福，有些人不幸福，那是因为他们生来如此。但有很多东西是我们想要改变的。现在，它们就要改变啦！"

"没有比克小姐啦！"凯瑟琳说。

"在乡下过暑假，"简说，"一个差不多完美的继父！你们知道，"她突然非常愉快地补充说，"我们好像也实现了自己的心愿！"

不过，她还是没有扔掉那个耗尽魔力的古老法宝。大家快步追上妈妈和史密斯先生时，简停下来非常小心地把法宝放进手提包里收好。

为了保险起见，她还要保留它一阵子。

新的旅程

实际上，还有一个愿望。

最后的愿望是简自己许下的，她本人从来都不知道自己许了愿。

那天晚上，脱衣服时，她在口袋里找到了那个法宝。她坐在床上久久地注视着它，回想着它如何来到他们的手中并思考着它来的动机。

她又接着想，妈妈结婚之后，他们的生活将会发生怎样的变化。

她很满意现在的一切。不过，由于她是四个孩子中唯一还记得爸爸的人，所以她觉得，要是爸爸知道将要发生的事情并且赞同这些事情，那她就更满意了。

那是非常充实的一天。她准备睡觉，因为她已经困得眼皮都

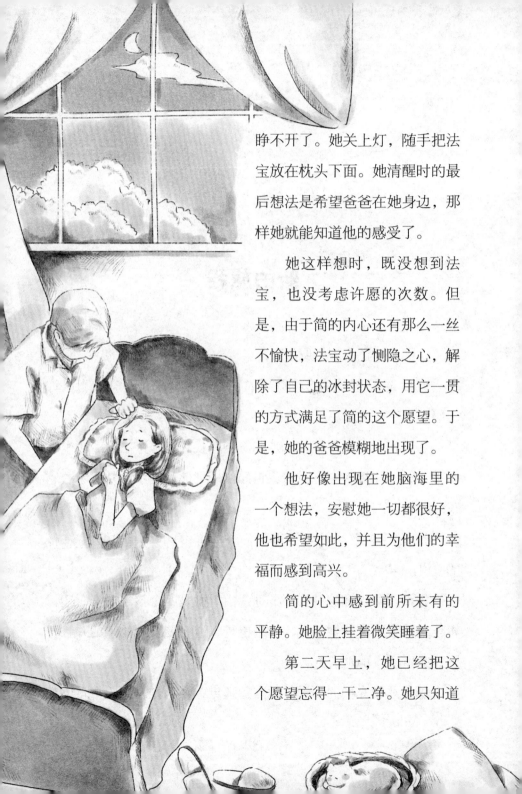

睁不开了。她关上灯，随手把法宝放在枕头下面。她清醒时的最后想法是希望爸爸在她身边，那样她就能知道他的感受了。

她这样想时，既没想到法宝，也没考虑许愿的次数。但是，由于简的内心还有那么一丝不愉快，法宝动了恻隐之心，解除了自己的冰封状态，用它一贯的方式满足了简的这个愿望。于是，她的爸爸模糊地出现了。

他好像出现在她脑海里的一个想法，安慰她一切都很好，他也希望如此，并且为他们的幸福而感到高兴。

简的心中感到前所未有的平静。她脸上挂着微笑睡着了。

第二天早上，她已经把这个愿望忘得一干二净。她只知道太阳很温暖，天空也很蓝，一个黄金般的未来正等着她。世上的一切都那么美好。

她整理床铺时在枕头下面找到法宝，就把它放到衣柜的顶层抽屉里，还提醒自己稍后同其他人商量接下来的处理方式。

但是，接下来的几天都忙着筹备婚礼，简根本没机会同其他人一起商量这件事。

终于迎来了婚礼。新娘笑得像阳光一样灿烂，四个孩子也都很开心。妈妈和史密斯先生被宣布成为夫妻之后，史密斯先生挨个与客人握手，妈妈挨个亲吻他们。然后，他俩就出门去度为期一周的蜜月了。比克小姐最后一次来照顾孩子。那七天里，她为所欲为，责怪打骂他们，牢骚不断，生活成了一种重担。不过，一想到七天以后的自由，孩子们心里就好受多了。

七天终于结束了。妈妈和史密斯先生回来了。比克小姐最后一次离开时，四个孩子都从楼上的窗户里大声对她唱"永远再见"！

就在那时，妈妈告诉他们，史密斯先生弄到了湖边的一栋房子来度过余夏，那里是真正的乡村，而且，每天可以从那里开车去书店上班。

从那以后，用凯瑟琳的话说，一切都变得喧嚣嘈杂起来。他

们要么忙着被带到市区购买泳衣、胶卷、羽毛球和沙滩球，要么走去图书馆挑选假期读物或打包好看的旧衣服和史密斯先生新买给他们的漂亮衣服。

直到出发前一天的上午，整理衣柜的顶层抽屉时，简才再次看到了法宝。

她马上召集大家开会。

"你们觉得我们应该一直保留它、作为一种纪念吗？"她问。

"把它和其他艺术品一起放在古董展示柜里。"凯瑟琳咯咯地笑着说。

"也许我们应该再试一次，"玛莎说，"也许它以前只是累了，现在已经休息好了。"

"哼，"马克摇了摇头。"那个最后愿望就是结局。你们自己都能看得出来。"

其他人都同意这个说法。但是，玛莎还不死心。

"那么，这样如何？"她说，"对我们来说它已经用完了，可我们怎么知道它对其他人没有用呢？"

这是一个令人振奋的想法。

"对，"马克说，"这合乎情理。它经历了几个世纪，魔法还完好无损。四个小孩子的愿望怎么可能让它寿终正寝！"

简兴奋地点点头："你的意思是我们现在把它传给其他人！"

"任何我们认识的人吗？"凯瑟琳问。

"我们可以四处转转，像仙女那样满足人们的愿望。"玛莎说。

马克摇了摇头。

"那不行。我们去告诉别人要许什么愿。那就好像让法宝从头来过，还是二手的。我觉得那有些违反规则。我们当初不知道它的来处。我想它应该那样重新开始。我觉得我们应该让某个完全陌生的人捡到它，然后永远忘掉此事。"

其他人都赞同这一高尚做法，这好像也符合法宝的期望。

五分钟之后，四个孩子下了公共汽车，站在城里一处完全陌生的地方四处张望。

许多人从他们身边走过，但都是成年人。

"我觉得必须是一个小孩。"马克说，"除非像史密斯先生那样，否则大多数成年人都不理解魔法。你别指望随便在街角就能碰到像他那样的大人。"

最后，他们看到一个小女孩朝他们走过来，有一个小宝宝

和她在一起。那个宝宝很小很胖，才刚刚学走路，而且走得特别慢。小女孩越走越近。他们看清了她的脸。那是一张讨人喜欢的脸，但看起来疲倦且苍白。

"她看起来需要一些快乐。"凯瑟琳说。

其他人都点点头。

于是，简把法宝扔到人行道上一处阳光可以晒到、能够引起注意的地方。她和马克、凯瑟琳以及玛莎都躲到附近一片凹凸不平的水蜡树篱后面等着。

"哎，走过来，宝贝，走快点！"他们听到小女孩说。但小宝贝走不快，甚至更慢了。他每走一步都小心地望着脚下，看看是否踩在了硬地上。第三次低头时，他看到了那枚闪闪发光的法宝。

在四个孩子惊恐的注视下，小宝宝笨拙地捡起法宝看了看。接着，最糟糕的事情发生了。他把法宝放进嘴里吞了下去。

树篱后的每个人都倒吸了一口气。

"你们觉得，它永远消失了，还是会再次出现？"玛莎问。

"那可是一条漫长而没法掉头的红巷子。"凯瑟琳评论道。

"现在，我想那个小宝宝会实现一个愿望。"玛莎说，"你们想那会是什么？"

"很可能是件可怕的事情，"简说，"而且没人知道，也帮不上忙，因为他不会说话！"

"别担心，"马克说，"可能只是'宝宝乐'麦片或其他东西。"

不管怎么说，最终并不是宝宝实现了一个愿望。那个疲倦的女孩已经受够了宝宝慢吞吞的走路，把他抱了起来。

"天哪，宝贝，"她说，"我真希望你没这么重。我真希望你一点儿重量也没有。"

由于她正抱着肚子里有法宝的小宝宝，魔法立刻启动了。

当然啦，如果她的愿望能够全部实现，小宝宝就会离开地球一直升到太空。但法宝还那样工作。于是，小宝宝只有原来的一半重，有一点点重量。他离开小女孩的胳膊，向上弹去，像蓟花一样轻轻地飘在空中。

小女孩抓住她，可他又弹了上去。小女孩开始哭了。

"我们要告诉她吗？"凯瑟琳问。

"等等。"马克说。

他们等待着。弹跳起作用了。小女孩第三次抓到宝宝时，一个闪亮的东西从他嘴里飞出来，咔嗒一声落在了人行道上。小女孩看到闪光并听到了咔嗒声。她放下宝宝，跑过去捡起了法宝。

她站在那里看着它。然后，她回头看了看小宝宝。他已经停止弹跳，正坐在路边吮吸大拇指呢。

因为是大白天，四个孩子能清楚地看到那个小女孩开始思考并进行推理。她脸上露出了狂喜和激动的表情，那种打算许一个魔法愿望的神情。

就在那时，意志坚定的马克把其他人都拽走了。

"难道我们不该告诉她那个秘密吗？"简说，"就是每件事都要说两次。"

"没有人告诉过我们，对不对？"马克说，"我认为任何人都不必告诉。"

登上公共汽车时，他甚至都不让其他人回头看一眼。

"你从不知道——我们也许会被变成盐柱或其他东西，"他说，"我认为我们不应该知道关于它的一切。这是我的经验体会。"

"至少我们可以肯定她最终会很幸福。"凯瑟琳说。

但是，玛莎还是忍不住想知道正在发生的事情。趁马克没注意，她回头看了看。

那个小女孩和宝宝已经不见了。玛莎只能猜想他们去某个地方冒险了。但在她的余生里，这将永远都是个谜。

不过，她想到了其他事情。过了几个街区之后，她开始

"你们觉得我们还会有更多的魔法冒险吗？"她说，可能不像这些大愿望，但总会有吧？一些平安无事的小冒

"我也想有。"简说。

马克和凯瑟琳什么都没说，但他们也想有。

不过，需要经过很久，这四个孩子才会知道答案啦。